CADAVRE AU SOUS-SOL

CADAVRE AU SOUS-SOL
NORAH McCLINTOCK

RAGEOT

Titre original : *The Body in the Basement*.

Texte de Norah McClintock © 1997,
publié originellement par Scholastic Canada Ltd.

© 1999 Éditions Hurtubise HMH
pour l'édition en langue française
Cadavre au sous-sol.

ISBN 978-2-7002-3144-1
ISSN 1766-3016

© RAGEOT-ÉDITEUR – PARIS, 2008,
pour l'Europe, l'Afrique et l'Asie francophone.
Loi n° 49-956 du 16-07-1949 sur les publications
destinées à la jeunesse.

1

Elle pourrait vivre cent deux ans et oublier jusqu'à son nom, sa date de naissance ou la maison où elle avait grandi, Tasha Scanlan se souviendrait toute sa vie du matin où tout avait commencé.

Mike Bhupal, adossé contre la porte du laboratoire d'informatique, commentait l'actualité en feuilletant le journal. Tasha fouillait désespérément dans ses cahiers et ses classeurs sur l'étagère de son casier, à la recherche de son devoir de chimie.

– Ils appellent ça rénovation urbaine, grommela Mike dégoûté. Ils devraient plutôt dire « faire table rase du passé ». Regarde-moi ça !

Il brandit le journal sous le nez de Tasha.

– Pas maintenant, dit-elle.

Elle aimait bien Mike. Et même plus que bien. C'était son meilleur ami. Mais il avait tendance à discourir sans fin sur des choses comme les ordinateurs, les gadgets électroniques ou, comme à présent, les monuments historiques.

– Si je ne rends pas mon devoir, Sparling va baisser ma moyenne générale.

– Mais ils sont en train de démolir un des fleurons de cette ville ! reprit Mike. Un commerce qui a ouvert ses portes dans les années vingt ! Et qui n'a fermé que l'année dernière. Connais-tu un restaurant dans cette ville qui ait tenu aussi longtemps ? Non, n'est-ce pas ? Il faut dire qu'il n'y en a pas beaucoup qui valent le vieux Café Montréal.

Tasha se raidit.

– Tu as bien dit Café Montréal ?

– Ouais, pourquoi ? Tu le connais ?

Tasha secoua la tête, comme pour s'éclaircir les idées. Oh oui, elle le connaissait, le Café Montréal ! Mais c'était comme sa mère, mieux valait l'oublier. Ressasser les choses du passé ne les ferait pas revenir. Elle était devenue experte dans l'art de chasser de son esprit les souvenirs de sa mère et du Café, comme ces vêtements qui ne nous vont plus et que l'on bannit de sa garde-robe. Si sa mère ne voulait plus entendre parler d'elle, elle-même ne voulait plus rien entendre de sa mère non plus. C'est du moins ce dont elle essayait de se convaincre.

Mais la curiosité l'emporta. Tasha posa ses notes de biologie et arracha le journal des mains de Mike. Une photo en page trois montrait la version délabrée d'un endroit dont elle avait conservé un souvenir très vif. Mais même s'il paraissait à l'abandon, c'était bien le Café Montréal qu'avait tenu sa famille pendant plusieurs générations. Et ils étaient en train de le démolir ?

Tasha se demanda si son père était au courant et si oui, pourquoi il ne lui en avait rien dit.

Mike lui jeta un regard inquiet.

– Ça va, Tasha ?

Elle fit signe que oui, mais c'était loin d'être le cas. Elle avait la tête qui tournait et l'estomac tout à l'envers.

– Le Café Montréal appartenait à mon arrière-grand-père, commença-t-elle. Il l'a ouvert un an avant la crise de 1929 et l'a tenu pendant la grande dépression des années trente. Après la guerre, c'est mon grand-père qui a pris la relève. Et il a ensuite passé le flambeau à mes parents.

Mike émit un sifflement admiratif. Il semblait impressionné.

– Comment se fait-il que tu ne m'en aies jamais parlé ?

Elle haussa les épaules.

– Mon père a vendu le Café avant que je te rencontre – il y a environ cinq ans.

– En tout cas, celui qui l'a racheté n'a pas fait une affaire. Le pic du démolisseur doit entrer en action à neuf heures – il consulta sa montre – dans dix minutes exactement. Et on n'en parlera plus.

Tasha fixait la photo du journal avec la sensation de replonger dans une vie antérieure. Depuis l'enseigne en haut de la devanture jusqu'au revêtement extérieur de grosses pierres grises, rien n'avait changé. Enfin, presque rien. Les petites jardinières installées le long des grandes baies vitrées étaient vides.

D'aussi loin que Tasha pouvait se rappeler, elles étaient toujours fleuries de tulipes au printemps et de géraniums en été. Les fenêtres à pignon du premier étage, autrefois tendues de rideaux de dentelle d'un blanc immaculé, béaient comme des yeux aveugles. Les mauvaises herbes avaient envahi les interstices entre les dalles du patio où, en été, on installait des tables pour que les clients puissent se restaurer en plein air.

– C'est pratiquement là que j'ai grandi, reprit Tasha. Nous habitions à deux pâtés de maisons. Quand j'étais petite, mon père était chef cuisinier et ma mère s'occupait de l'intendance. C'était avant que mon père ouvre sa chaîne de restaurants.

Mike hocha la tête. Comme presque toutes les personnes que fréquentait Tasha, il connaissait les restaurants Lenny et Denny.

– Ma mère a repris ses études quand j'étais petite, et ils ont engagé un gérant pour la remplacer. Mais ils sont restés propriétaires.

Elle reporta son regard sur la photo du journal, soudain assaillie par une foule de souvenirs – le crépitement du feu que son père allumait tous les soirs d'hiver dans la grande cheminée de pierre, l'arôme du bois qui brûle combiné à celui de la dinde rôtie, ou du bœuf ou de l'agneau qui cuisaient dans les fours des cuisines, le cliquetis de l'argenterie, le bourdonnement étouffé des conversations. Et, par-dessus tout, le parfum de sa mère, la douceur de sa peau quand elle l'entourait de ses bras, son visage rayonnant quand elle renversait la tête pour éclater de rire. Oh, comme sa mère aimait rire…

– Veux-tu que je t'y emmène à la pause de midi ? demanda Mike. On dénichera peut-être un souvenir, quelque chose que tu pourras ramener chez toi.

Tasha secoua la tête. Le Café Montréal, il valait mieux l'oublier. Comme il valait mieux oublier sa mère. À l'évocation de celle-ci, son estomac se remit à faire des siennes, et la vieille tristesse l'envahit à nouveau.

– Non merci, répondit-elle.
– Tu es sûre ?
– Absolument sûre.

Elle replongea dans son casier à la recherche de son devoir de chimie.

Elle ne parla pas du Café du reste de la journée, et n'en souffla pas un mot à son père quand il rentra du travail. Il valait mieux laisser les mauvais souvenirs se dissiper d'eux-mêmes.

Le sujet ne serait jamais revenu sur le tapis si Denny Durant, l'associé de son père dans la chaîne de restaurants Lenny et Denny, n'avait pas fait irruption chez eux juste quand ils allaient se mettre à table.

– Je n'arrive pas à y croire ! tonna-t-il en passant en coup de vent devant Tasha sans même lui dire bonsoir. Comment *peux-tu laisser* faire une chose pareille, Len ? Et personne ne m'en a *parlé* ! Pas un mot !

Leonard Scanlan leva le nez de son poulet au citron, le sourire aux lèvres.

Tasha n'avait jamais pu comprendre pourquoi le côté colérique et tonitruant de Denny semblait tant amuser son père. Pas plus qu'elle ne comprenait comment ces deux-là avaient pu rester associés si longtemps. Denny, un grand gaillard corpulent au visage abîmé, avait fait carrière dans le hockey – un joueur brutal mais populaire – avant de prendre sa retraite et de se lancer dans la restauration. Tout le contraire de son père, un homme mince, sérieux, à l'humeur parfois instable, qui ne connaissait rien aux sports mais pour qui la cuisine n'avait aucun secret. La grosse voix et le ton impérieux de Denny, s'ils ne dérangeaient jamais Leonard Scanlan, avaient le don de taper sur les nerfs de Tasha. Elle prit place à table et entama son repas.

– Je présume que tu veux parler du Café Montréal ? commença le père de Tasha.

– Tu parles ! C'est trop te demander que de décrocher le téléphone pour informer les autres de ce qui se passe ?

– Écoute, Denny. Tu es parti pendant six semaines, répondit posément Leonard Scanlan. Tu n'as pas appelé une seule fois durant tes vacances pour savoir comment allaient les affaires, même si tu savais que nous avions une vérification comptable. J'ai eu assez de faire mon travail, sans compter le tien, et de répondre en plus à toutes les questions du comptable. Dans ces conditions, tu peux difficilement t'attendre à ce que je te tienne au courant de chaque événement insignifiant qui peut se produire dans cette ville.

– *Insignifiant ?* explosa Denny. Raser le Café Montréal, tu appelles ça insignifiant ? Tu étais au courant, n'est-ce pas ?

Leonard Scanlan haussa les épaules.

– Je savais que Jerry Malone était mort, mais je n'aurais jamais imaginé que les choses allaient prendre cette tournure.

– Qui est Jerry Malone ? demanda Tasha.

– Le dernier propriétaire du Café, répondit son père. Il est mort il y a environ deux semaines. Je suis allé aux funérailles. Son fils n'a pas parlé de vendre le Café, encore moins de le démolir. Il avait dû planifier ça de longue date. C'est impossible de vendre un immeuble et de le faire raser en si peu de temps. Il a dû entamer les démarches quand Jerry était encore à l'hôpital.

– Le petit rat, grommela Denny. Je t'ai toujours dit que tu aurais dû racheter le Café, Lenny. Mais non, c'est toi qui commandais. On aurait pu en faire un autre Lenny et Denny.

– *Nous* n'avions pas les moyens de l'acheter, coupa Leonard. Écoute, Denny, à propos de cette vérification – et de notre situation financière en général – nous avons à parler tous les deux. Je veux te voir au bureau à la première heure demain matin.

– Je n'arrive pas à croire que cette petite fouine ait rasé le Café. Comment Jerry a-t-il pu léguer ça à cette vermine ingrate ? Il ne savait pas que cet endroit avait une histoire, une tradition ?

– As-tu entendu ce que je t'ai dit, Denny ?

– Mais le Café...
– Denny !

Les yeux de Leonard Scanlan jetèrent des flammes. Tasha sentit son estomac se nouer. Cela n'annonçait rien de bon. Si Denny ne laissait pas tomber l'histoire du Café pour parler de la vérification comptable ou de n'importe quoi d'autre, son père allait exploser d'une minute à l'autre. Depuis qu'elle était toute petite, ses accès de colère la rendaient malade.

– Ne pense plus au Café. C'est trop tard, reprit Leonard Scanlan d'une voix dure. D'ailleurs, s'il y a quelqu'un ici qui devrait être choqué par la démolition du Café Montréal, c'est bien moi, Denny. Pas toi.

Denny sembla comprendre qu'il pénétrait sur un terrain dangereux. Il leva les mains en signe de capitulation.

– D'accord, d'accord. On n'en parle plus, à moins que tu décides de remettre ça sur le tapis.

– Ça m'étonnerait, répondit Leonard Scanlan en souriant.

Tasha soupira, soulagée.

– Tu es sûr que tu ne veux rien manger ?

– Non, rien, grogna Denny en se levant pour partir.

– Alors à demain matin, Den, lança Leonard. À la première heure.

– Ouais, ouais.

Une fois Denny parti, Tasha attendit, se demandant si son père allait ajouter quelque chose à propos du Café. Il n'en fit rien, ce qui la réjouit.

Elle avait eu peur que l'annonce de la démolition ne réveille tous ses mauvais souvenirs et le replonge dans la tristesse. Mais une fois son dîner terminé, il se prépara une tasse d'*espresso* et alla s'asseoir devant la télévision pour regarder un documentaire sur les lions blancs.

Tasha pensa que l'affaire était close en ce qui concernait le Café Montréal.

Elle se trompait.

Le lendemain soir, tout en émincant de la viande, Leonard Scanlan alluma le petit poste de télévision installé sur le comptoir de la cuisine pour regarder les actualités en préparant le dîner. Une photo du Café apparut sur l'écran, suivie d'images de la façade, pulvérisée comme du vulgaire carton sous l'assaut du boulet des démolisseurs.

Tasha jetait un coup d'œil de temps à autre vers l'écran, tout en coupant en dés des pommes de terre crues. Debout, dos aux ruines du Café, un reporter s'adressa à la caméra. « Qui aurait pu imaginer que le sous-sol d'un des plus célèbres restaurants de cette ville cachait un terrible secret ? » commença-t-il. « Les ouvriers ont découvert aujourd'hui un cadavre enterré sous l'ancien Café Montréal qui a été démoli hier. Jusqu'à présent, la police se refuse à dire combien de temps ce corps non identifié a pu rester dans son cercueil de ciment ; elle n'a fourni aucune explication sur les causes du décès. »

Tasha se tourna vers son père, dont les yeux n'avaient pas quitté l'écran.

– Papa ? Papa !

Leonard Scanlan détourna son regard de l'écran de télévision en hochant doucement la tête.

– On ne peut jamais savoir, pas vrai ? murmura-t-il doucement. Les bâtiments, c'est comme les gens, parfois. On pense tout savoir sur eux, et puis on creuse un peu et crac ! La surprise !

Tasha jeta un nouveau coup d'œil à l'écran de télévision, mais trop tard. Les ruines du Café et les nuages de poussière avaient cédé la place à un quadrille endiablé de tubes de dentifrice. Quand elle se mit à s'interroger à haute voix sur l'identité du cadavre retrouvé dans le sous-sol du Café, son père lui reprocha ses goûts morbides.

– Je ne partage pas cette curiosité malsaine qui semble si répandue aujourd'hui, lui dit-il. Si ça ne te fait rien, laissons les spéculations à la police.

– Mais papa, ce cadavre au sous-sol…

– Je ne plaisante pas, Tasha.

Cette nuit-là, Tasha ne put trouver le sommeil. Ce cadavre devait se trouver là depuis les années vingt, peut-être même avant. Elle savait, pour l'avoir lu dans des livres, qu'il s'était passé des choses extravagantes après la Première Guerre mondiale. On avait baptisé cette époque « les années folles » – le jazz, la prohibition, les gangs de trafiquants d'alcool…

Pour ce qu'elle en savait, le Café avait très bien pu être une boîte de nuit avant que sa famille n'en fasse l'acquisition. Peut-être qu'un célèbre gangster y avait été assassiné. Elle se demandait ce qu'aurait pensé son arrière-grand-père s'il avait appris que le sous-sol de son restaurant recelait un si macabre secret. Mais ce n'était pas la seule chose qui lui trottait dans la tête.

Toutes ces histoires autour du Café lui ramenaient sa mère en mémoire, ce qu'elle avait pourtant tout fait pour éviter. Dès qu'elle fermait les yeux revenait l'image de Catherine Scanlan en train de rire.

Revenaient aussi les cris et les reproches, les coups de poing sur la table, les claquements de porte le soir où sa mère était partie. Tasha avait pleuré cette nuit-là. Et elle avait pleuré pendant des jours, tandis que son père la berçait et lui répétait, encore et encore : « Elle va revenir, ma chérie. Un de ces jours, elle va revenir. » Mais elle n'était jamais revenue, sauf dans les rêves de Tasha.

Le lendemain matin, dans la voiture de Mike, l'esprit tout embrumé par une nuit d'insomnie, Tasha épluchait le journal pour trouver d'autres nouvelles sur le cadavre du Café. Rien. Pas un mot.

– Tu es *sûre* que ça va ? demanda Mike, en tournant pour la dixième fois les yeux vers elle.

– Oui, oui, ça va. Mais ça irait mieux si tu regardais la route.

– Tu m'inquiètes. Ne le prends pas mal, mais tu as vraiment une tête de déterr…

– Tu as le don de trouver le mot qu'il faut.

– Je voulais simplement dire…

– Je sais ce que tu voulais dire. Que j'ai une tête de…

– Tu es splendide, coupa Mike.

– Ce n'est pas tout à fait ce que tu as dit.

Mike haussa les épaules.

– Tu as vraiment l'air crevée. Mais à part ça, tu es splendide.

Tasha lui lança un sourire narquois.
– Tu t'en tires bien. Très bien.
Elle se passa la main dans les cheveux.
– Non, sérieusement, je vais bien. C'est cette histoire du Café qui me tracasse. Tous ces souvenirs qui reviennent.

Ils firent le reste du trajet jusqu'à l'école dans un silence paisible. Voilà une chose que Tasha aimait chez Mike. Elle pouvait passer des heures avec lui, à réviser une leçon, regarder un film ou simplement traîner dans un parc, sans se sentir obligée de parler.

Ils avaient fait connaissance quatre ans plus tôt, peu de temps après que Tasha et son père eurent emménagé dans le quartier où habitait Mike, et même s'il avait un an de plus qu'elle, ils étaient vite devenus amis. Ensemble, ils pouvaient parler de tous les sujets possibles. Enfin, presque tous.

Dernièrement, Tasha s'était mise à se poser des questions sur la nature de leur amitié. Elle s'était surprise à s'imaginer en train de se promener tranquillement dans la rue en lui tenant la main, ou de déambuler sur la promenade, les épaules ou la taille entourées de son bras. Elle s'était mise à le regarder à la dérobée, attirée par l'éclat de ses yeux bruns, en se demandant à quel moment ils avaient changé, depuis quand exactement ils la fascinaient, et pourquoi il lui avait fallu tant de temps pour s'en rendre compte. Elle regardait aussi sa bouche, généralement souriante, en imaginant ses lèvres se poser sur les siennes.

Elle avait pensé à tout ça, puis s'était dit :
« Idiote ! Nous sommes seulement amis. On ne
s'adonne pas à ce genre de rêveries quand on est
amis. » Mais dernièrement, elle avait remarqué
que d'autres filles, des filles de la même classe que
Mike, le regardaient de la même façon, et elle s'était
sentie mal à l'aise. Elle se demandait s'il avait déjà
invité l'une d'elles à la fête annuelle, ou si l'une d'elles
l'y avait invité. Mais elle gardait ses réflexions pour
elle, n'ayant jamais le courage de lui poser la question. Elle avait trop peur de souffrir si jamais il ne
lui donnait pas la réponse qu'elle espérait.

Une fois arrivés au collège, Mike jeta un coup
d'œil à sa montre.

– On se retrouve à midi, OK ? dit-il.
– Tu as un rendez-vous urgent ? demanda-t-elle.
Il haussa les épaules et détourna les yeux.
– J'ai quelqu'un à voir. C'est ce nouveau programme, j'ai promis de le lui passer.

Il tapota la poche de son blouson, qui renfermait
toujours deux ou trois clés USB sur lesquelles il
avait copié un de ces programmes bizarres qu'il
était toujours en train de concocter.

– À midi, alors, répondit-elle.
Il fit un signe de tête et s'éloigna d'un pas rapide.
Tasha marcha tranquillement jusqu'au vestiaire.
Elle trouva Rick Jensen devant son casier. Il resta
planté à côté d'elle, tout souriant, tandis qu'elle
sortait les bouquins dont elle aurait besoin pour
ses cours d'histoire et de biologie. Elle lui rendit
son sourire, en se demandant ce qu'il lui voulait.

Rick était dans trois de ses cours, et depuis quelque temps, il n'arrêtait pas de la regarder. Combien de fois elle avait senti qu'il voulait lui dire quelque chose, mais dès qu'elle tournait son regard vers lui, il se mettait à sourire gauchement et détournait la tête.

Comme maintenant. Le nez baissé, il fixait le bout de ses immenses pieds, à la façon d'un grand gamin timide.

Tasha décida de mettre un terme à son martyre.

– Es-tu prêt pour l'examen de français de ce matin ? demanda-t-elle.

Il grimaça un sourire.

– Autant qu'on peut l'être, j'imagine. Et toi ?

Tasha fit oui de la tête. Le silence qui suivit augmenta encore le malaise de Rick. Elle chercha quelque chose à dire, n'importe quoi, pour mettre fin à son supplice.

– J'espère qu'il ne nous collera pas encore une de ses dissertations. Tu te rappelles, la dernière fois ? Je n'ai jamais autant sué sur du français.

– Moi non plus.

La cloche sonna. Rarement Tasha avait été aussi heureuse de l'entendre. Elle se dirigeait à grands pas vers la salle de son premier cours quand elle aperçut Mike à l'autre bout du couloir. Elle leva la main pour lui faire signe et ouvrit la bouche pour l'appeler, mais le son lui resta en travers de la gorge quand elle le vit se pencher pour embrasser la fille qui l'accompagnait.

Abasourdie, elle s'arrêta net.

Quelqu'un derrière elle la bouscula, mais elle ne prêta aucune attention aux grognements du garçon qui la contourna pour la dépasser. Mike avait embrassé Sharon Wong, une fille de la même année que lui et qui était dans presque tous ses cours. Elle eut l'impression de recevoir un direct dans l'estomac.

Les jours suivants, elle évita Mike. Elle ne savait pas trop si c'était pour ne pas l'entendre lui raconter qu'il avait un rendez-vous avec Sharon Wong, ou par crainte de ne pas pouvoir faire bonne figure tant elle était déçue. Après tout, il était son ami, pas son petit ami. Il pouvait fréquenter qui il voulait, non ? Mais elle avait beau se raisonner, elle se sentait abandonnée, presque trahie.

Le vendredi après-midi, en plein cours d'anglais, tout en écoutant Mme Cardoso lire un sonnet de Shakespeare, elle leva par hasard les yeux vers la porte. Elle ne sut jamais pourquoi elle avait cessé de regarder la prof à ce moment précis. Jusque-là, elle avait savouré avec plaisir les mots passionnés du poème et les inflexions mélodieuses de la voix de Mme Cardoso – elle en avait presque oublié Mike. Elle ne s'ennuyait pas comme la plupart des élèves qui s'agglutinaient au fond de la classe.

En levant les yeux, elle aperçut, à son immense surprise, son père dans l'encadrement de la porte.

La chose était si improbable qu'elle se demanda si elle n'avait pas la berlue. Mais non, c'était bien lui, et même si la porte était ouverte, il frappa.

Mme Cardoso interrompit sa lecture. Elle traversa la pièce et échangea quelques paroles à voix basse avec lui. Puis elle se retourna et fit signe à Tasha de s'approcher.

En les rejoignant, Tasha savait que quelque chose n'allait pas. Jamais son père n'avait mis les pieds à l'école comme ça, en plein milieu de la journée. Et rarement lui avait-elle vu l'air aussi sombre. Il lui mit la main sur l'épaule et l'emmena dans le couloir. Sans dire un mot.

– Qu'est-ce qui se passe, papa ?

Son père plongea son regard dans le sien pendant une minute qui lui parut sans fin. Il avait le teint blafard et les épaules voûtées, comme un homme sur le point de s'effondrer.

– Je voulais que tu l'entendes de ma bouche d'abord, dit-il. Pas question que tu l'apprennes par quelqu'un d'autre, ou par la radio ou la télé.

Elle savait maintenant qu'il se passait quelque chose d'extrêmement grave.

– Apprendre quoi, papa ? réussit-elle à articuler. Qu'est-ce qui se passe ?

– C'est ta mère, répondit-il. On l'a... euh... on l'a retrouvée.

Sa mère ? Retrouvée ? Un flot de souvenirs lui revinrent en mémoire – des cheveux châtains brillants, des bras minces et bronzés, un tablier de cuisine immaculé, de joyeux éclats de rire – et son cœur se serra.

Pourquoi son père avait-il cet air hagard, comme s'il avait vieilli de vingt ans depuis le petit déjeuner? Elle attendit la suite, en respirant lentement, avec précaution, pour garder son calme, mais tout se bousculait dans sa tête. Retrouvée... il fallait d'abord être perdu pour qu'on vous retrouve. Et sa mère n'était pas perdue. Elle était simplement absente. *Volontairement* absente. Non, tout cela ne présageait rien de bon.

– Tasha, elle est...

La voix de son père se brisa. Il se mit à sangloter et essuya ses larmes du revers de la main.

– Oh, Tasha, elle est morte.

À cette seconde, l'univers de Tasha bascula dans un cauchemar.

Ce n'est pas possible, pensait-elle dans le silence sinistre du couloir. Ma mère est *partie*, elle nous a quittés il y a cinq ans. Morte? C'est impossible.

Elle se tourna vers son père, qui avait trouvé un mouchoir dans une des poches de son blouson et s'essuyait les yeux.

– Mais comment? demanda-t-elle. Qu'est-il arrivé? A-t-elle eu...

Elle s'agrippa à son bras.

– Papa, a-t-elle eu un accident?

Son père secoua la tête. Son visage était à ce point tordu de souffrance qu'elle-même se mit à trembler. La réponse, pensa-t-elle, devait être encore plus horrible que ce qu'elle venait d'apprendre.

– Viens, rentrons à la maison, dit-il d'une voix étrangement basse.

– Mais papa...

– Je vais tout te raconter, Tasha. Mais pas ici.

Il leva les yeux. Elle suivit son regard. L'horloge au-dessus de la fontaine. Le long couloir. Dans deux minutes, la cloche allait sonner et les lieux seraient envahis d'enfants et de professeurs, et tous allaient dévisager son père qui, malgré tous ses efforts, pleurait encore.

– D'accord, papa, murmura-t-elle.

Elle lui emboîta le pas. Ils descendirent l'escalier et sortirent de l'école. Elle avait l'impression, à chaque pas qu'elle faisait, de perdre un peu de cet espoir auquel elle s'était accrochée toutes ces années – la conviction qu'il suffirait que sa mère change d'avis ou s'ennuie d'eux pour qu'elle se décide à revenir. Mais cela n'arriverait plus jamais à présent. Il était trop tard.

3

Ils n'échangèrent pas une parole durant le trajet jusqu'à la maison, qui ne prit que quelques minutes. Le père de Tasha semblait concentrer toute son attention sur le volant.

Tasha respecta son silence. De toute façon, elle se méfiait de ses propres réactions à chaud. Une fois à la maison, elle aurait tout le temps de lui demander les détails.

Une voiture grise était stationnée le long du trottoir, juste devant la maison des Scanlan. Deux personnes, un homme et une femme, en sortirent dès que le père de Tasha engagea sa voiture dans l'allée. À peine eut-il tourné la clef de contact que les deux étrangers s'approchèrent de sa portière.

Tasha jeta un regard anxieux à son père.

– Qui sont ces gens ? demanda-t-elle.

– Des policiers, j'imagine. Prions pour que ce ne soient pas des journalistes.

– Des *policiers* ? Mais qu'est-ce qu'ils veulent ?
– C'est ce qu'on va bientôt savoir.

Leonard Scanlan poussa un soupir. Puis il prit une profonde inspiration, comme pour se cuirasser à la perspective de la confrontation qui allait suivre, et sortit de la voiture.

Tasha aperçut l'éclat d'une plaque métallique. C'étaient bien des policiers.

– Nous aimerions vous poser quelques questions, monsieur Scanlan, dit l'homme.

Il sourit à Tasha tandis qu'elle sortait de la voiture. Ce sourire ne semblait guère amical.

– Voici ma fille Tasha, dit son père. Natasha, ajouta-t-il, en guise d'explication.

L'homme hocha la tête.

– Je suis l'inspecteur Pirelli. Voici l'inspecteur Marchand.

Tasha fit un signe de tête. Elle n'avait jamais rencontré d'inspecteur de police, et se demandait bien ce que ces deux-là leur voulaient.

Ils entrèrent tous dans la maison. L'air un peu perdu, le père de Tasha hésita, offrit du thé ou du café.

– Nous avons quelques questions à vous poser au sujet de votre femme, monsieur Scanlan, commença l'inspecteur Pirelli.

Leonard Scanlan regarda les deux policiers, puis se tourna vers Tasha.

– Je n'ai encore rien dit à ma fille, expliqua-t-il, et sa voix se brisa presque à ces simples mots. Si vous pouviez me donner quelques minutes…

Les policiers échangèrent un regard.

— Quel âge as-tu, Tasha ? demanda l'inspecteur Marchand.

— Quinze ans, murmura-t-elle.

Pourquoi cette question ? Qu'est-ce que son âge avait à voir avec tout ça ?

L'inspectrice hocha la tête, apparemment satisfaite de la réponse.

— Prenez tout le temps qu'il vous faudra, dit-elle au père de Tasha. Nous attendrons ici.

Les deux policiers se dirigèrent vers le salon. Leonard Scanlan posa la main sur l'épaule de sa fille et la guida vers la cuisine.

— Qu'est-ce qui se passe, papa ? Et qu'est-ce qu'*ils* font ici ?

Cette histoire ne tenait pas debout. Sa mère était morte, et maintenant ces deux inspecteurs de police qui attendaient dans le salon pour parler à son père.

— C'est à propos de ce qu'ils ont trouvé... dans le sous-sol du Café, commença-t-il.

Il ne la regardait même pas. Il avait les yeux fixés sur la fenêtre de la cuisine.

— Quoi ?

Pourquoi ces mystères, pourquoi ne lui disait-il pas simplement ce qui se passait ? Puis, avec l'effet d'une bombe, la vérité lui sauta aux yeux. Dans toute son horreur.

— Maman ? fit-elle d'une voix étranglée. Tu veux dire que c'est maman qui... ? Non, ce n'est pas vrai. C'est impossible.

Ce n'était pas sa mère qui était enterrée sous... Elle n'arrivait pas à l'exprimer. Rien n'aurait pu réussir à le lui faire dire.

Lorsque enfin son père tourna les yeux vers elle, il avait les joues ruisselantes de larmes.

– C'est pas vrai, cria Tasha. Ce n'est pas elle ! C'est pas vrai !

Elle hurlait à présent.

– Tasha, je t'en prie...

Une seconde plus tard, l'inspecteur Marchand était dans la cuisine, debout près de Leonard Scanlan, et regardait Tasha avec compassion.

– Ta mère a été enterrée pendant une longue période, commença-t-elle d'une voix si douce et si réconfortante que Tasha se demanda comment elle faisait pour que les criminels la prennent au sérieux. Environ cinq ans, d'après nos estimations.

– Non ! Non, vous vous trompez ! Ce n'est pas ma mère.

Une chose pareille n'arrivait que dans les films – les films d'horreur –, pas dans la vraie vie.

– Dans des cas comme ça, Tasha, nous avons des moyens d'identification. Quand c'est possible, nous nous servons des radios dentaires. Elles nous révèlent ce que nous voulons savoir. Parfois, nous avons plus de chance ; nous trouvons des objets qui peuvent nous aider. Un bijou, par exemple.

Tasha retenait son souffle, tandis que l'inspecteur Marchand fouillait dans la poche de sa veste. Elle en tira un petit sac de plastique qu'elle posa bien à plat dans la paume de sa main, pour que Tasha puisse en voir le contenu. Une bague de diamant. Tasha la retira du sac d'une main tremblante.

Elle chercha à l'intérieur de la monture les mots qu'elle savait gravés là, mais les larmes l'aveuglèrent.

– Tasha, ma chérie...

Elle sentit le bras de son père l'entourer, et enfouit son visage contre son épaule.

– Quand tu m'as dit qu'elle était morte, j'ai pensé... commença-t-elle.

Elle s'interrompit, la voix brisée par les sanglots.

Il lui fallut un certain temps pour être à nouveau en mesure de parler. L'inspecteur Marchand lui glissa des mouchoirs en papier dans la main.

– J'ai pensé que c'était peut-être un accident. J'ai pensé qu'elle avait été tuée par une automobile, quelque chose. Mais ça...

Elle se remit à sangloter.

– Il faut absolument que nous parlions à ton père, à présent, déclara l'inspecteur Marchand.

– S'il te plaît, Tasha, monte dans ta chambre, la pria son père.

– Mais je veux savoir ce qui s'est passé. Il s'agit de maman. J'ai le droit de savoir.

– Tasha, je t'en prie...

Les yeux de son père, sa voix tremblante, son visage décomposé l'imploraient.

– Tu me raconteras tout ce qu'ils vont dire ?

Elle se moquait pas mal que l'inspecteur Marchand soit encore dans la pièce.

Il hocha la tête.

– *Tout*, papa. Promis ?

– Promis.

Elle posa un baiser sur sa joue mouillée et sortit de la cuisine, tandis que son père et l'inspecteur Marchand entraient dans le salon. Elle grimpa l'escalier jusqu'au premier tiers des marches. Puis, une fois hors de vue, elle s'accroupit contre le mur pour écouter.

Elle avait le droit de savoir...

❦

– Pouvez-vous nous dire quand vous avez vu votre femme pour la dernière fois, monsieur Scanlan ?

C'était la voix de l'inspecteur Pirelli.

– Il y a cinq ans, dans la nuit du 2 août, répondit son père d'une voix caverneuse.

Une pause, avant que l'inspecteur Pirelli se remette à parler. Il semblait méfiant.

– Vous vous souvenez du jour exact ?

– C'était la nuit de la grande tempête. Quand l'ouragan Bradley a fait tant de dégâts.

Tasha s'en souvenait comme si c'était hier. La nuit noire. Le vent qui hurlait comme une bête sauvage.

Elle s'était pelotonnée dans son lit, terrifiée par ces hurlements, qui ne parvenaient pas à couvrir les terribles éclats de voix dans la cuisine, juste au-dessous de sa chambre.

– Et pouvez-vous nous dire ce qui s'est passé, cette nuit-là ? reprit l'inspecteur Pirelli.

– Ma femme et moi, nous nous sommes disputés...

Leurs cris avaient réveillé Tasha. Elle avait d'abord enfoui sa tête sous les draps pour ne plus les entendre. Elle n'arrivait pas à se souvenir du moment exact où ils avaient commencé à se quereller. À l'époque, ils étaient tout le temps à couteaux tirés. Ils se disputaient même en public, au centre commercial, dans la rue devant chez eux, au Café.

Tasha détestait ça. Les gens se retournaient pour les regarder.

Une fois, dans le restaurant, le père de Tasha s'était mis dans une telle colère qu'il avait crié : « Un de ces jours, Catherine, tu vas me pousser à bout. »

– À cause de quoi vous disputiez-vous ? demanda l'inspecteur Pirelli.

– À cause de moi, murmura Tasha tout bas. Ils s'engueulaient à cause de moi...

« *J'ai trente-cinq ans, Leonard* », *avait hurlé sa mère*. « *Si je ne peux pas faire ce que je veux maintenant, quand est-ce que je pourrai ?* » « *Mais tu as un enfant* », *avait répondu son père*. « *Je veux vivre, Leonard. Vivre !* » *Là-haut, dans sa chambre, Tasha entendit et comprit immédiatement que tout était de sa faute. Ses parents se querellaient à cause d'elle. Elle avait entouré ses genoux de ses bras et s'était mise à se bercer. Si seulement elle avait pu dormir cette nuit-là, malgré la tempête qui faisait rage, dehors et dans la cuisine.*

– Monsieur Scanlan, vous rappelez-vous à propos de quoi vous vous disputiez ?

– On se chicanait sans arrêt, répondit le père de Tasha après un certain temps. Ça n'allait pas bien entre nous. Et je pense que ce soir-là, ce fut la goutte d'eau qui a fait déborder le vase...

– Que voulez-vous dire par là ?

– La pire engueulade de toute notre vie commune, et Catherine est partie. Elle m'a quitté.

Tasha se rappelait que tout d'un coup, les cris avaient cessé. Elle était tapie contre le plancher dans un coin de sa chambre, près de la bouche d'aération qui montait de la cuisine, l'oreille aux aguets. Elle avait attendu, mais n'avait pu discerner que des bruits de pas. Et brusquement, la porte d'entrée avait claqué.

– A-t-elle dit où elle allait ?

– Non.

– Qu'est-ce qui s'est passé après son départ ?

– Rien, répondit le père de Tasha. J'étais en colère, fatigué. J'ai fini par aller me coucher. Je ne l'ai jamais revue.

– Elle n'a pas essayé de reprendre contact avec vous par la suite ?

– J'ai reçu deux ou trois lettres de Vancouver.

Tasha se souvenait de ces lettres. Elle les avait pratiquement apprises par cœur à force de les lire et les relire, cherchant un indice qui lui ferait croire que sa mère lui avait pardonné d'être un fardeau pour elle, et qu'elle reviendrait un jour.

Les lettres étaient si cruellement succinctes : *Suis installée dans un joli meublé. Je fais des projets de départ.* Des mots neutres, des phrases courtes, qui ne disaient rien.

Mais toujours quelques mots à l'intention de Tasha. *Mille baisers à ma Tasha-Patate*, pouvait-on lire dans l'une des lettres où sa mère reprenait le surnom de Tasha quand elle était petite, en hommage à son amour passionné pour les pommes de terre sous quelque forme que ce soit – pilées, frites, bouillies, rôties ou cuites au four. *J'embrasse Tasha-Patate*. À part ça, rien. Rien qui laisse augurer un éventuel retour de sa mère.

– Elle est donc allée à Vancouver après vous avoir quitté, reprit l'inspecteur Pirelli. Savez-vous combien de temps elle y est restée ?

– Je n'en ai aucune idée. Comme je vous l'ai dit, elle a écrit à deux reprises. Et ensuite, nous n'avons jamais plus entendu parler d'elle.

– Jamais plus ?

Pas de réponse.

Tasha imaginait son père en train de hocher longuement la tête.

– Avez-vous cherché à retrouver votre femme après ça, monsieur Scanlan ?

– C'est elle qui *m'*a quitté, répliqua-t-il sur ce ton irrité qu'il prenait chaque fois que le sujet de Catherine Scanlan revenait sur le tapis.

Avec les années, Tasha en était venue à ne plus oser lui demander quoi que ce soit à propos de sa mère.

– Elle m'a fait clairement comprendre qu'elle ne voulait plus rien entendre de moi, de Tasha ou du restaurant. Cela faisait des mois qu'elle pensait partir. Elle m'avait même vendu sa part du Café pour avoir assez d'argent pour vivre. Si elle n'était pas partie cette nuit-là, elle l'aurait fait une semaine, peut-être un mois plus tard.

– Votre femme vous quitte, et à part une ou deux lettres, ne reprend jamais contact avec vous ou votre fille. Et vous ne trouvez pas ça bizarre ? Vous n'essayez pas de la contacter ?

– C'est elle qui est partie, répondit Leonard Scanlan. Pas moi. C'était à elle de *me* contacter si elle en avait envie.

– Avez-vous gardé les lettres de votre femme ? demanda l'inspecteur Marchand.

– Non.

Tasha se raidit. Son père lui avait repris les lettres. Il disait qu'à force de les plier et de les déplier, elle allait les transformer en charpie.

– Je les ai gardées un certain temps. Et je les ai déchirées et jetées. Pourquoi donc ressasser le passé ?

Tasha n'en croyait pas ses oreilles. Ces lettres, c'était tout ce qui lui restait de sa mère. Il lui avait promis d'en prendre soin, et n'avait pas tenu parole.

– Vous souvenez-vous s'il y avait une adresse de retour indiquée sur l'enveloppe ? demanda l'inspecteur Pirelli.

« Non, il n'y avait rien », murmura Tasha, en écho à la réponse de son père. Elle le savait, parce qu'elle aurait tant aimé écrire à sa mère, la supplier de revenir.

– Et quand avez-vous reçu sa dernière lettre ?

– Je dirais environ six ou sept mois après son départ.

Il y eut à nouveau un silence.

— Et connaissez-vous quelqu'un qui aurait pu vouloir tuer votre femme ? demanda l'inspecteur Marchand.

— Oh non, absolument pas, répondit le père de Tasha.

— Et vous ne savez pas comment elle a pu se trouver au Café Montréal alors qu'elle était censée être à Vancouver ?

— Je n'en ai pas la moindre idée.

— Et à part les lettres, elle n'a jamais cherché à reprendre contact ?

— Jamais.

— Et vous-même êtes resté chez vous cette nuit-là ?

Une pause.

— Ma fille avait dix ans à l'époque, inspecteur. Je ne pouvais pas la laisser toute seule. Ça me revient maintenant, il a fallu que je monte à l'étage pour la consoler après le départ de sa mère.

Tasha entoura ses genoux de ses bras et se recroquevilla sur elle-même. Son père était un brave homme, un travailleur acharné. Il s'était bien occupé d'elle depuis que sa mère les avait quittés. Il lui avait appris à dire la vérité, à toujours agir correctement, même si c'était difficile. Mais parce qu'elle ne voulait pas que les policiers se fassent une fausse idée de son père, elle s'obligea à rester où elle était : elle ne voulait pas aller le contredire.

Lorsque Tasha entendit les deux policiers se lever pour partir, elle grimpa en haut des escaliers pour se cacher.

Mais impossible d'y rester : il y avait encore trop de choses qu'elle voulait savoir. Elle redescendit quatre à quatre.

– Comment c'est arrivé ? demanda-t-elle aux deux inspecteurs.

Ils la regardèrent d'un air interdit, comme s'ils ne comprenaient pas.

– De quelle manière ma mère est-elle...

Le mot était si difficile à prononcer.

– Comment est-elle... morte ?

Le père de Tasha blêmit.

– S'il te plaît, Tasha... ne le demande pas, supplia-t-il.

– Il vaut mieux parfois tout savoir, déclara l'inspecteur Marchand.

Tasha se redressa de toute sa hauteur, pour avoir l'air aussi adulte que les trois personnes qui se tenaient dans l'entrée, et aussi déterminée à connaître la vérité qu'eux-mêmes l'étaient à la lui cacher.

– Pendant cinq ans, j'ai cru que ma mère vivait heureuse à l'autre bout du pays, commença-t-elle. J'ai même commencé à la haïr pour ça. J'ai cru qu'elle m'avait complètement oubliée, ou qu'elle s'en fichait. Mais je n'ai jamais perdu l'espoir qu'elle revienne. J'ai prié pour une lettre, un coup de téléphone. N'importe quoi. Et j'apprends aujourd'hui que tout ce temps, elle était...

C'était si difficile à dire. Et cela ne serait jamais facile, pensait-elle.

– J'ai le droit de savoir comment ça s'est passé.

L'inspecteur Marchand s'approcha si près que Tasha aperçut dans ses prunelles de petits éclats violets. Elle n'avait jamais vu d'aussi beaux yeux.

– Si tu veux vraiment le savoir, je vais te le dire, dit l'inspecteur Marchand d'une voix douce. Mais il y a une chose que je veux que tu saches. Ça fait presque dix ans que je fais ce métier, et j'ai dû souvent apporter de mauvaises nouvelles à des familles. La plupart des gens voulaient savoir la même chose que toi : comment est-ce arrivé ? Et ils ont regretté après d'avoir posé la question.

Tasha sentit les larmes lui monter aux yeux. Elle les essuya du revers de la main. Elle voulait être forte, ne pas lâcher prise.

– Je veux savoir.

L'inspecteur Marchand jeta un coup d'œil à son collègue, qui haussa les épaules.

– Les journaux vont finir par découvrir tous les détails, si ce n'est déjà fait, dit-il. Elle va l'apprendre comme ça, ou à la télévision. Comme tout le monde.

Le père de Tasha garda le silence, mais hocha presque imperceptiblement la tête. L'inspecteur Marchand eut soudain l'air triste et fatiguée.

– D'accord, fit-elle d'une voix à peine audible en plongeant ses yeux dans ceux de Tasha. Le coroner[1] pense que l'arme du crime était un couteau ou peut-être un couperet. Un objet lourd et tranchant. Les os ont été entaillés. L'agresseur, quel qu'il soit, l'a frappée avec force.

Tasha eut un mouvement de recul. Elle leva sa main pour que l'inspecteur Marchand se taise. Les larmes ruisselaient sur ses joues et elle ne fit rien, cette fois, pour les arrêter. La policière avait raison. Il valait mieux ne pas tout savoir.

※

Plus tard, dans la nuit, Tasha essaya de chasser de son esprit ce qu'avait dit l'inspecteur Marchand. Une foule de souvenirs la hantaient. Le visage de sa mère, le hurlement du vent et la pluie battante la nuit où sa mère avait disparu, les éclats de voix dans la cuisine. Elle se souvenait de la terreur qui l'avait envahie quand la porte d'entrée avait claqué. Elle avait attendu longtemps en espérant entendre quelqu'un la rouvrir, mais en vain. Tout était resté silencieux.

---

1. Le coroner est un officier public menant des enquêtes criminelles.

En fait, il n'y avait pas eu de silence cette nuit-là, pas avec ces rafales qui fouettaient les arbres et la pluie qui cinglait les vitres. À l'extérieur, l'ouragan avait continué de se déchaîner. Seuls les cris s'étaient tus. Et c'est ce qui avait poussé Tasha à sortir de son lit et à se faufiler jusqu'en bas de l'escalier, en se demandant avec crainte ce qui l'attendait au rez-de-chaussée. Mais elle ne trouva rien. Personne. Elle était seule dans la maison.

– *Ma fille avait dix ans à l'époque,* avait dit son père à l'inspecteur Pirelli. *Je ne pouvais pas la laisser toute seule. Ça me revient maintenant, il a fallu que je monte à l'étage pour la consoler après le départ de sa mère.*

Mais cette nuit-là, il n'y avait personne d'autre qu'elle-même entre les quatre murs de la maison.

Effrayée, elle avait fait le tour de toutes les pièces – la cuisine où ses parents s'étaient disputés, le salon, le bureau où son père s'installait chaque soir pour composer les menus des jours suivants. Personne. Les jambes flageolantes, elle était remontée à l'étage jusqu'à la chambre de ses parents. Vide elle aussi.

Au moment précis où elle avait passé la porte, un éclair avait déchiré le ciel, projetant sur les murs de la chambre une danse d'ombres et de spectres qui l'avait terrifiée. Le coup de tonnerre avait suivi immédiatement comme une vague de fond, colossal, interminable, ébranlant la maison jusque dans ses fondations.

Tasha avait plongé vers le lit et s'était enfouie sous les draps, réconfortée par le léger parfum de sa mère que dégageait l'oreiller. Elle était restée là longtemps, terrorisée, les yeux grands ouverts, en espérant que ses parents reviennent.

Et soudain, le jour fut là, avec le soleil qui entrait à flots par la fenêtre. Elle se réveilla dans sa propre chambre, bien emmitouflée sous ses couvertures, ne sachant trop si les événements de la nuit n'avaient été qu'un mauvais rêve. Elle finit par opter pour le mauvais rêve. Jamais ses parents ne l'auraient laissée seule en plein milieu de la nuit.

Réconfortée par cette idée, elle s'était glissée hors de son lit et avait longé le couloir jusqu'à leur chambre. En apercevant le désordre des couvertures, elle avait laissé échapper un petit cri de joie. Ses parents étaient là. Elle avait fait un cauchemar, c'est tout.

Mais il n'y avait qu'une personne dans le lit. Son père, étalé sur le dos, la bouche ouverte. Il ronflait.

La panique avait gagné Tasha, mais seulement une seconde. Sa mère était une lève-tôt. Elle était probablement en bas. Peut-être mettait-elle la table du petit déjeuner.

La cuisine était déserte. Comme le reste du rez-de-chaussée. Et quand elle s'était retournée vers l'escalier, elle les avait vus – les souliers de son père – au milieu d'une flaque d'eau dans l'entrée.

Et à présent, Tasha, étendue sur son lit, contemplait le plafond. Son père avait-il oublié qu'il était sorti cette nuit-là, ou avait-il délibérément menti aux policiers ?

Le lendemain, Tasha ne prit même pas la peine de s'habiller. Son père ne quitta pas la maison lui non plus, même si c'était samedi, le jour où il travaillait le plus. Il resta aussi silencieux qu'elle la majeure partie de la journée. À une ou deux reprises, elle l'entendit parler à voix basse au téléphone. Elle ignorait qui pouvait appeler, et s'en moquait éperdument. Elle ne pensait qu'à sa mère.

Mike vint faire un saut le dimanche matin. Tasha refusa d'abord de descendre le voir, mais son père insista.

– J'ai appris la nouvelle, dit Mike avec un pauvre sourire. Au journal télévisé.

Tasha s'enfonça dans le canapé du salon. L'inspecteur Pirelli ne s'était pas trompé. Les médias avaient eu vent de l'histoire. Les journaux, la télé, la radio en parlaient. Impossible d'y échapper.

Mike vint s'asseoir à ses côtés.

– Je suis vraiment désolé de ce qui t'arrive, Tasha. J'aimerais pouvoir dire que je sais ce que tu ressens, mais…

Tasha hocha la tête. La dernière fois qu'elle s'était sentie aussi misérable, c'était deux semaines après le départ de sa mère, quand elle avait compris que celle-ci ne reviendrait pas. Elle avait alors cru que rien ne pourrait jamais la rendre plus malheureuse. Elle s'était trompée. Pendant un moment, ni elle ni Mike ne dirent un mot. Pour une fois, le silence qui s'était installé entre eux était tout sauf agréable.

– J'aimerais pouvoir faire quelque chose, dit-il enfin. Trouver un moyen pour effacer tout ça.

– Tu ne peux rien y faire. Personne ne le peut. Mais je vais survivre, j'imagine, répondit-elle, plus par souci de le réconforter que par réelle conviction.

La vie allait simplement continuer, mais elle n'était pas certaine d'en avoir envie, en tout cas pas si elle devait se sentir aussi malheureuse.

– Je vais retourner à l'école demain. On ne peut rien prévoir pour les obsèques tant que... tant que le rapport d'autopsie ne sera pas terminé.

Elle s'entendait dire ces mots, et n'arrivait pas à le croire. Elle n'arrivait pas à croire que des catastrophes comme des autopsies ou des enquêtes criminelles aient pu entrer dans sa vie.

– Veux-tu que je passe te prendre ? proposa Mike.

Tasha savait combien il voulait faire quelque chose pour elle.

– Je veux bien, répondit-elle.

Ce serait aussi plus facile d'aller au collège avec Mike que toute seule. Ils restèrent assis côte à côte quelques minutes, et puis Mike passa son bras autour de ses épaules. Tasha y appuya la tête et ferma les yeux.

Retourner à l'école le lendemain fut l'une des pires épreuves qu'elle ait vécues dans sa vie. Tout le monde était au courant, tous les yeux braqués sur elle. Des élèves qu'elle connaissait bien, et d'autres qu'elle connaissait à peine, vinrent lui présenter leurs condoléances.

Rick Jensen, rouge comme une pivoine et osant à peine la regarder, lui expliqua combien il avait été désolé d'apprendre ce qu'il appelait la « terrible nouvelle ». Certains s'éternisèrent plus que nécessaire après lui avoir exprimé leur sympathie, et Tasha ne put s'empêcher de penser qu'ils espéraient en apprendre un peu plus que ce qu'ils avaient entendu aux informations. Elle souhaita n'être jamais sortie de chez elle.

– Quatrième jour, annonça Mike trois jours plus tard. Si tu survis à cette journée, une extraordinaire récompense t'attend.

– Ah oui ?

Tasha ne supportait plus d'être le centre de l'attention. Elle en voulait aux élèves de parler d'elle. Tous les jours, les journaux télévisés parlaient de l'assassinat de sa mère, et il lui était impossible de chasser cette affaire de son esprit ne serait-ce que quelques heures. Mais avec Mike, elle se sentait normale, enfin aussi normale que possible.

– Quelle récompense ? J'ai gagné un prix ?

– Tu l'as dit, répondit Mike en grimaçant un sourire. Si tu tiens le coup aujourd'hui, je vais m'arranger pour que la journée de demain soit déclarée un vendredi.

– La belle affaire ! fit Tasha en lui rendant son sourire.

Quelle chance d'avoir un ami qui l'aimait assez pour essayer de lui rendre la vie plus facile.

– Même si je ne passe pas la journée, demain sera *quand même* vendredi. Rien qu'une autre journée d'école.

— Exact, une autre journée d'école. Suivie de la soirée la plus mémorable que tu aies connue depuis bien, bien longtemps.

Tasha fronça les sourcils. De quoi parlait-il ?

Mike plongea la main dans sa poche.

— Abracadabra, fit-il en exhibant ce qui ressemblait à deux billets de spectacle. Le concert de *My Sanity* ! Cinquième rang au centre.

— Je croyais que tous les billets étaient vendus depuis un mois !

— Depuis six semaines, plus exactement.

— Tu as ces billets depuis six semaines et tu ne m'en parles qu'aujourd'hui ?

— En fait, il n'y a que six jours que je les ai. Je les ai achetés par l'intermédiaire de Sharon Wong.

Tasha ouvrit des yeux ronds. Sharon Wong... la fille que Mike avait embrassée dans le couloir de l'école.

— Son frère travaille pour une billetterie, expliqua Mike. Il peut avoir des places pour les meilleurs groupes en ville.

Il paraissait vraiment fier de lui.

— Et Sharon a pu t'avoir des billets ?

— Elle me devait bien ça. J'ai passé un temps fou à l'aider sur un projet en informatique le trimestre dernier. On ne peut pas dire qu'elle soit douée question ordinateurs. En échange, elle m'avait promis des billets pour le concert de mon choix. Mais je n'étais pas sûr qu'elle puisse m'en obtenir pour celui-là. Ils valent de l'or, tu sais. Je n'arrivais pas à le croire quand elle m'a dit la semaine dernière qu'elle avait réussi à en avoir.

Ainsi, il n'y avait rien de spécial entre Mike et Sharon Wong. Une simple histoire de travail scolaire.

– Hé! fit Mike. Quelque chose qui cloche?

– Non, rien.

Il avait embrassé Sharon parce qu'elle lui avait donné deux billets pour le concert le plus génial de l'année.

Mike la dévisagea comme pour essayer de lire dans ses pensées.

– J'ai fait une gaffe, c'est ça? Ce n'est probablement pas le bon moment. Écoute, si tu ne veux pas venir, pas de problème.

Il fit disparaître les billets dans sa poche.

– Je voulais juste faire quelque chose pour que tu te sentes mieux.

– Tu n'as pas fait de gaffe, s'empressa de répondre Tasha. Des fois, je pense que je deviendrais folle si tu n'étais pas là. Tu es la seule personne qui ne me regarde pas comme une espèce de monstre.

Elle lui posa avec fougue un baiser sur la joue. Il eut l'air si surpris qu'elle se mit à rire pour la première fois depuis des jours. C'était bon.

⁂

– Quel concert fabuleux! s'exclama Tasha tandis qu'ils se dirigeaient vers la voiture.

Elle virevoltait à côté de Mike, la tête tout emplie de musique.

– Merci! Merci!

– C'est Sharon que tu devrais remercier, répondit-il, l'air aussi enchanté qu'elle.

– Compte sur moi, promit-elle.

Ils s'arrêtèrent manger une pizza, qu'ils partagèrent en discutant du concert, puis Mike reconduisit Tasha chez elle. Pendant le trajet, Tasha se demanda si ce soir serait le grand soir. Mike l'avait emmenée au concert. Peut-être allait-il l'embrasser en la laissant devant sa porte ? Peut-être allait-il ce soir oser le geste qui ferait de lui non plus son meilleur ami, mais son petit ami ? Elle l'espérait ardemment. Ils tournèrent dans sa rue. Et soudain, elle se figea sur place.

– Il y a deux voitures de police devant chez toi, fit Mike en plissant les yeux.

– Deux voitures de police, répéta-t-elle, étonnée de pouvoir articuler une parole malgré le nœud qui lui serrait la gorge.

Une voiture grise, celle des inspecteurs Marchand et Pirelli, était garée derrière un véhicule de patrouille aux gyrophares allumés. Que fabriquaient-ils ici ? Qu'était-il arrivé ? Son père était-il blessé ?

Elle bondit de l'auto encore en marche et s'élança sur le trottoir quand la porte d'entrée de la maison s'ouvrit. L'inspecteur Marchand apparut, suivie du père de Tasha et de deux agents en uniforme. L'inspecteur Pirelli leur emboîtait le pas.

– Papa ! hurla-t-elle. Papa, qu'est-ce qui se passe ?

Leonard Scanlan, le visage blême sous l'éclairage cru du perron, lui lança un regard triste. Il haussa les épaules comme pour s'excuser.

Tasha se mit à courir vers lui, mais l'inspecteur Marchand la retint. Elle vit alors que son père avait les mains menottées derrière le dos.

– Qu'est-ce que vous faites ? cria-t-elle. Pourquoi l'emmenez-vous ?

– Ton père est en état d'arrestation, répondit calmement l'inspecteur Marchand.

En état d'arrestation ? Ça ne tenait pas debout ! Tasha jeta un regard désespéré vers Mike, qui était sorti de sa voiture et assistait silencieusement à la scène, abasourdi, pendant que les policiers faisaient monter Leonard Scanlan à l'arrière du véhicule de patrouille.

– Mais pourquoi l'arrêtez-vous ? demanda Tasha. Qu'est-ce qu'il a fait ?

L'inspecteur Marchand se retourna.

– Ton père est en état d'arrestation pour le meurtre de ta mère.

— Si vous l'emmenez au poste, j'y vais aussi, déclara Tasha.

L'inspecteur Marchand hésita un instant avant de répondre. Tasha était sûre qu'elle allait dire non. Elle se trompait.

— C'est une bonne idée, Tasha. Nous aimerions te poser quelques questions, et de toute façon, ton père ne sera probablement pas relâché cette nuit. Il va falloir qu'on te trouve un endroit pour dormir.

— Elle peut venir chez moi, proposa Mike, dont l'interruption soudaine fit sursauter la policière. Je vais en parler à mes parents, Tasha, et je te retrouve au poste de police. D'accord ?

— D'accord, fit Tasha.

Elle tendit la main vers la sienne. Il la garda un instant, puis, si vite que Tasha n'eut même pas le temps d'être surprise, il se pencha et l'embrassa.

Elle le regarda s'éloigner en courant vers sa voiture, en caressant la trace encore tiède de ses lèvres sur sa joue.

Assise à l'arrière dans la voiture des inspecteurs, elle resta silencieuse pendant tout le trajet. Comment avaient-ils pu arrêter son père ? se demandait-elle encore et encore. Qui pouvait croire qu'il soit capable de tuer ?

Quand ils arrivèrent devant le poste de police, Tasha aperçut son père qui sortait du véhicule de patrouille, escorté par les policiers. Il y eut des éclairs de flashes, un attroupement. Le groupe se fraya un chemin parmi les curieux.

– Maudits journalistes, marmonna l'inspecteur Marchand. Passe par l'arrière, Pirelli.

C'était la première fois que Tasha mettait les pieds dans un poste de police. Elle fut surprise par le bruit et l'animation qui y régnaient. L'endroit bourdonnait d'activité : le cliquetis des doigts sur les claviers d'ordinateurs, les cris, le ronron des conversations...

Il y avait des gens partout, assis derrière des bureaux, tassés sur des chaises apparemment inconfortables, d'autres qui entraient, qui sortaient. Et il était près de minuit. Tasha imagina la confusion qui devait régner durant la journée.

– Par là.

L'inspecteur Marchand escorta Tasha jusqu'à un escalier. À l'étage, elle la fit entrer dans une pièce exiguë, encombrée par les rares meubles qu'elle contenait : une table tout abîmée et quatre chaises fatiguées.

– Je reviens tout de suite.
– Où est mon père ?
– On s'occupe de lui.
– Je veux le voir.
– Je vais demander si c'est possible, répondit l'inspectrice. Promis. Mais d'abord, nous avons à parler toi et moi. Attends-moi ici, ça ne sera pas long.

Elle revint quelques minutes plus tard en compagnie d'une dame aux cheveux gris qui portait une robe à motifs fleuris.

– Madame Evans travaille pour la Protection de la jeunesse. Elle va assister à notre conversation. Tasha ?

Tasha regarda la dame, qui lui sourit.

– Je veux voir mon père.
– On va voir ce qu'on peut faire, dit Mme Evans. Mais les policiers veulent d'abord te poser quelques questions.
– Nous allons filmer notre entretien, d'accord ? fit l'inspecteur Marchand.
– Pourquoi ?
– Tu es mineure. Nous faisons ça pour que tout le monde puisse voir que nous n'exerçons aucune pression, que tu me parles de ton plein gré. Madame Evans est là pour ça, elle aussi. D'accord ?
– Mon père n'a rien fait, répliqua sèchement Tasha.
– Tu es d'accord pour qu'on enregistre l'entrevue, Tasha ?

Encore furieuse, Tasha fit oui de la tête.

– Parfait.

L'inspectrice jeta un coup d'œil au miroir qui occupait presque tout un mur. Un miroir sans tain, pensa Tasha. Non seulement on la filmait, mais en plus, on l'épiait!

— Regarde-moi, Tasha, fit l'inspecteur Marchand avec douceur, mais sur un ton ferme.

De mauvaise grâce, Tasha plongea ses yeux dans les prunelles violettes.

— Je dois te poser quelques questions, et il est très important que tu me dises la vérité.

Tasha sentit le rouge lui monter aux joues. La prenait-on pour une menteuse?

La policière la fixa, impassible, pendant quelques secondes.

— Je voudrais que tu me racontes tout ce dont tu te souviens du soir où ta mère a disparu.

Tasha baissa les yeux pour que l'inspectrice ne devine pas son trouble. Qu'allait-elle faire? Son père avait dit aux policiers qu'il était resté à la maison toute la nuit. Elle savait que ce n'était pas vrai, mais si elle le disait à l'inspecteur Marchand, ça ne ferait qu'aggraver son cas.

— Ton père dit qu'il s'est disputé avec ta mère, ce soir-là... T'en souviens-tu, Tasha? As-tu entendu quelque chose?

— J'étais en haut, dans ma chambre. Au lit.

— Regarde-moi, Tasha.

Tasha leva les yeux à contrecœur.

— As-tu entendu tes parents se disputer?

Tasha fit oui de la tête.

— Sais-tu à propos de quoi ils se disputaient?

– Non. Enfin... un peu. Ils... ils se disputaient souvent, à propos de tout, répondit Tasha qui eut l'impression d'entendre à nouveau leurs récriminations. Je crois que ma mère était en colère à cause du Café. Elle disait... elle disait à mon père que c'était la seule chose qui comptait pour lui. Qu'elle était contente de ne plus y travailler et qu'elle avait hâte de s'en aller. J'étais sûre qu'ils allaient divorcer.

– Te souviens-tu qu'ils aient dit autre chose, cette nuit-là ?

– Non.

À quoi bon dire à l'inspectrice que sa mère lui en voulait, parce qu'elle l'empêchait d'être libre ?

– Et quand ils ont eu fini de se disputer, que s'est-il passé ?

– Ma mère est partie.

– L'as-tu vue ou entendue partir ?

Une vague de panique envahit Tasha. Elle allait devoir faire très attention à ce qu'elle allait répondre.

– J'ai entendu la porte d'entrée s'ouvrir, puis claquer.

– Et ta mère est partie ?

– J'imagine que... oui.

– L'as-tu vue partir ?

Tasha secoua la tête.

– Et ton père ?

Tasha se mordit la lèvre.

– Tasha, qu'est-ce qu'il a fait, ton père, après le départ de ta mère ?

Il avait raconté à la police qu'il était monté dans sa chambre la consoler, or ce n'était pas vrai. Elle ne l'avait pas revu avant le lendemain matin, et elle avait vu aussi l'état de ses chaussures. Mais il devait avoir une bonne raison de dire ce qu'il avait dit. Ou encore il avait été si bouleversé qu'il avait oublié ce qui s'était réellement passé.

– Tasha ?

Les policiers étaient persuadés que son père avait commis un meurtre. Si elle leur disait qu'il avait menti, ou s'ils pensaient qu'il leur avait menti quand, en fait, il avait simplement oublié ce qui s'était passé, ils seraient encore plus convaincus de sa culpabilité.

– Tasha, tu m'as promis de tout me dire.

– Mon père n'est pas un assassin ! protesta Tasha. Il aimait ma mère. Ils se disputaient souvent, mais jamais il ne lui aurait fait du mal.

– Si nous voulons éclaircir toute cette histoire, Tasha, il faut que nous sachions *exactement* ce qui s'est passé. Si tu veux aider ton père, tu dois dire la vérité.

Elle ne voyait pas très bien en quoi le fait de révéler ce détail précis pouvait rendre service à son père. Elle sentait les yeux de l'inspectrice sur elle, mais n'avait pas la force de soutenir ce regard.

– Pour la dernière fois, Tasha. Ton père est-il monté te parler après le départ de ta mère ?

Que devait-elle faire ? Mentir ? Faire croire à l'inspectrice que quelque chose était vrai quand ça ne l'était pas ?

Ou valait-il mieux raconter ce dont elle se souvenait vraiment ? N'était-ce pas toujours la meilleure chose à faire ? L'honnêteté n'était-elle pas toujours la voie à suivre ?

– Non, s'écria-t-elle enfin. Non, il n'est pas venu. Ils m'ont laissée toute seule à la maison. J'ai entendu claquer la porte et je me suis levée pour aller voir ce qui se passait. Et il n'y avait personne. Absolument personne.

Une demi-heure plus tard, assise sur un banc en compagnie de Mme Evans dans un couloir bondé de monde, Tasha attendait l'inspecteur Marchand. Elle avait du mal à retenir ses larmes et s'essuyait les yeux, bien décidée à ne pas étaler ses émotions en public. Mais de toute évidence, les choses se présentaient mal pour son père, et pas seulement à cause de ce qu'elle avait raconté à l'inspecteur Marchand. Elle avait deviné, au type de questions qu'on lui posait, que la police avait déjà interrogé leurs anciens voisins. L'un d'eux se souvenait d'avoir vu Leonard Scanlan sortir de la maison la nuit où sa mère avait disparu.

– Mais c'est impossible, avait dit Tasha à l'inspecteur Marchand. C'est arrivé il y a cinq ans. Moi, je me souviens de cette nuit-là parce que c'est la nuit où ma mère est partie. Mais comment quelqu'un peut-il être aussi sûr d'avoir vu mon père cette nuit-là, cinq ans plus tard ?

– C'était la nuit de l'ouragan Bradley, lui rappela l'inspecteur Marchand. Un arbre est tombé sur le terrain devant sa maison, et il a défoncé ses fenêtres.

Il s'agissait de M. Danvers, comprit Tasha. Il habitait juste de l'autre côté de la rue.

– Il était dehors en train d'essayer de clouer du contreplaqué sur ses fenêtres. Il dit qu'il se souvient d'avoir vu ton père dehors cette nuit-là parce qu'il l'a appelé pour lui demander un coup de main. Ton père ne s'est pas arrêté.

Son père pouvait avoir eu des dizaines de raisons de sortir cette nuit-là, avait répliqué Tasha. Et de toute façon, le fait d'avoir quitté la maison n'en faisait pas un meurtrier pour autant. Il y avait bien ces lettres que sa mère leur avait envoyées, non ?

– Ah, les lettres, fit l'inspecteur Marchand, qui n'avait pas l'air très contente. Tu les as vues, ces lettres, n'est-ce pas ?

– Oui. Elles étaient sur du papier blanc, très bien...

Elle allait dire « très bien tapées », mais à peine les mots s'étaient-ils formés dans son esprit qu'elle comprit que quelque chose clochait, en se demandant pourquoi elle n'y avait pas songé plus tôt. Non seulement sa mère tapait mal à la machine, mais en plus elle détestait ça. Quand elle devait faire les menus pour le Café, elle refusait de travailler sur ordinateur. « Je peux les écrire plus vite et mieux à la main », disait-elle. Elle répugnait tant à s'installer devant un clavier qu'elle payait quelqu'un pour taper ses travaux.

Comment aurait-elle pu, une fois à Vancouver, dactylographier des lettres à Tasha et à son père ? Ne les aurait-elle pas plutôt écrites à la main ?

— Ton père t'avait promis de les garder en lieu sûr, n'est-ce pas ? demanda l'inspecteur Marchand.

Tasha fit oui d'un signe de tête.

— Mais il ne les a pas conservées. Il les a détruites, c'est ça ?

Tasha acquiesça encore. Elle ne comprenait toujours pas pourquoi il avait agi ainsi. Elle avait pleuré chaque fois qu'une lettre était arrivée, à la fois ravie que sa mère se souvienne d'elle et peinée parce que chaque lettre lui rappelait cruellement son absence. Elle aurait voulu les garder, pouvoir les sentir et les toucher en imaginant sa mère en train de les ranger dans leur enveloppe.

Son père avait dit qu'il comprenait, mais qu'elle risquait d'en faire du chiffon à force de les plier et de les déplier tout le temps. Il allait les conserver pour elle. Et il les avait jetées. Ça ne tenait pas debout.

Ça ne prouvait rien pour autant. Son père avait été anéanti par le départ de Catherine, peut-être plus encore que Tasha. Il avait probablement brûlé les lettres dans un accès de colère ou de tristesse.

Mais il y avait autre chose qui, ajouté à tout le reste, noircissait davantage le tableau.

— Quand tes parents se sont mariés, avait dit l'inspecteur Marchand, ton grand-père leur a légué à parts égales le Café Montréal. Six semaines avant sa disparition, ta mère a vendu sa part à ton père. Celui-ci nous a dit qu'elle voulait cet argent pour faire un voyage autour du monde.

La policière fit une pause, et Tasha devina que le pire allait venir.

– Sais-tu à quel moment ton père a vendu le Café?

– Bien sûr. Il l'a vendu juste après...

Juste après la disparition de sa mère.

– Mais il a énormément *souffert* de son départ, plaida-t-elle. Il voulait se débarrasser de tout ce qui pouvait lui rappeler ma mère.

C'était logique. Tasha elle-même, après le départ de sa mère, n'aimait pas penser au Café Montréal. En fait, elle n'y avait jamais remis les pieds, de peur que les odeurs, l'ambiance, le décor ne réveillent de vieux souvenirs.

– Il l'a vendu un prix bien inférieur à sa valeur, avait ajouté l'inspecteur Marchand. Ça fait mauvais effet, Tasha. Les gens peuvent penser qu'il l'a vendu à perte parce qu'il était pressé de s'en débarrasser. À cause de ce qu'il y avait au sous-sol.

– Mais... Non, ça n'a strictement aucun sens. Si mon père avait voulu y cacher un cadavre, il aurait gardé le Café, il ne l'aurait pas vendu, avait répliqué Tasha.

Puis, elle s'était souvenue de ce que son père avait dit à Denny. Il n'avait pas vendu le Café pour qu'il soit rasé. « S'il y a quelqu'un qui devrait être choqué par la démolition du Café Montréal, c'est bien moi, Denny », avait-il dit. Tasha avait cru qu'il entendait par là qu'il était triste de voir disparaître un établissement si riche en traditions et en souvenirs personnels. Mais peut-être n'était-ce pas du tout ça qu'il voulait dire.

Assise sur son banc, Tasha essayait de réfléchir, glacée par tout ce qu'elle venait d'apprendre. Qu'allait-il se passer à présent ?

Elle tourna la tête en entendant la voix de Mike. Celui-ci parut soulagé de la voir. Son père l'accompagnait. Sanjit Bhupal était un petit peu plus petit que son fils. Tasha se leva à son approche. Il la salua avec gravité.

– Comment ça va, Natasha ? demanda-t-il.

– Pas trop mal.

– Michael m'a tout raconté. Qui est le responsable ici ? À qui dois-je m'adresser ?

Mme Evans se leva et se présenta.

– Mon fils est un ami proche de Natasha, expliqua M. Bhupal. Nous aimerions l'héberger pour la nuit, avec l'autorisation de son père. Elle n'a pas de famille ici.

Tandis que M. Bhupal et Mme Evans poursuivaient leur conversation, Mike s'approcha de Tasha.

– Tasha, ça va ? Quelles sont les nouvelles ?

– Ils le croient coupable, répondit Tasha en secouant la tête. Ils pensent que mon père a vraiment tué ma mère.

Mike ne répondit rien, mais lui prit la main et la serra dans la sienne.

Mme Evans s'éclipsa quelques minutes. Elle revint en compagnie de l'inspecteur Marchand.

– Est-ce que je peux passer la nuit chez les Bhupal ? demanda Tasha à Mme Evans.

– Si ton père est d'accord.

– Pourquoi ne pas lui demander toi-même la permission ? ajouta l'inspecteur Marchand.

Le cœur de Tasha fit un bond.
- Je peux le voir ?
- Juste une minute.
- Nous t'attendons ici, dit Mike. N'est-ce pas, papa ?

Leonard Scanlan était assis sur une chaise à dossier droit, derrière une épaisse cloison vitrée. Il tenait un récepteur téléphonique à la main, et Tasha découvrit qu'elle ne pourrait lui parler qu'en décrochant un autre récepteur, de son côté de la vitre. L'angoisse et la fatigue se lisaient sur le visage de son père. Elle se demanda ce qu'il pouvait bien penser. Que son arrestation était une terrible erreur, ou que son geste avait fini par être découvert ?

Cette dernière idée lui fit honte, mais elle avait beau essayer de toutes ses forces, elle ne parvenait pas à la chasser.

Elle saisit le récepteur d'une main tremblante, et le colla contre son oreille.

- Tu vas bien, papa ?
- Autant que possible, répondit-il. Ils m'ont permis d'appeler mon avocat. Il s'appelle Roger Brubaker. Il va probablement vouloir te parler à un moment ou un autre. Je lui ai demandé de prendre contact avec ta tante Cynthia pour savoir si elle ne pourrait pas venir s'occuper de toi jusqu'à ce qu'on soit sortis de ce bourbier.

- Tante Cynthia ?

La dernière fois que Tasha l'avait vue, c'était bien avant la disparition de sa mère. Elle avait toujours eu l'impression que les deux sœurs ne s'entendaient pas, mais sans savoir pourquoi.

– J'espère que Cynthia pourra être ici demain. Pour cette nuit, je ne sais pas ce qu'on peut faire. Peut-être que Maître Brubaker...

– Ne t'en fais pas. Les Bhupal m'ont invitée à passer la nuit chez eux. On peut appeler tante Cynthia pour lui dire. Monsieur Bhupal et Mike m'attendent à l'extérieur.

Leonard Scanlan se cala contre le dossier de sa chaise, soulagé.

– Parfait, dit-il. J'étais si inquiet.

Inquiet pour qui, pour quoi ?

– Tout va bien pour moi, papa. C'est toi...

Que pouvait-elle dire ?

– Je ne sais pas ce qu'ils t'ont raconté, Tasha. Mais je tiens à te le dire moi-même. Ce n'est pas moi qui ai fait ça. Jamais je n'aurais fait de mal à ta mère. Tu dois me croire, Tasha.

– Je te crois.

Elle espéra que sa voix n'avait pas trahi l'incertitude qui la rongeait. Elle aurait voulu pouvoir traverser la vitre pour aller l'embrasser, mais en même temps, elle était presque contente de ne pas pouvoir le faire.

6

Mme Bhupal était une femme blonde aux yeux vert pâle, qui avait gardé de son enfance à Édimbourg un léger accent écossais. Elle ouvrit toute grande la porte avant même que M. Bhupal ait pu trouver ses clefs. Elle avait dû guetter leur arrivée. Elle accueillit Tasha les bras ouverts en lui demandant si elle voulait manger quelque chose.

– Non, merci, répondit Tasha.

Elle était complètement épuisée. Il était largement passé minuit, et elle avait l'impression d'avoir vécu la plus longue journée de sa vie.

– Et si je te montrais ta chambre ?

Mme Bhupal escorta Tasha jusqu'à une chambre aux murs tendus de papier peint fleuri et au plafond rose pâle. Un canapé-lit ouvert attendait Tasha, et on avait garni la salle de bains attenante de linge de toilette propre. Mme Bhupal ouvrit le placard et en sortit une chemise de nuit.

– Ce sera plus confortable, dit-elle. Et ne te soucie de rien. Lève-toi à l'heure que tu voudras.

Tasha la remercia et sitôt Mme Bhupal partie, elle s'effondra sur le lit. Son père était en prison. Et ces flics sinistres semblaient décidés à le garder sous les verrous. Quant à sa mère – les larmes lui montèrent aux yeux et elle réprima un sanglot – elle était morte. Sa vie venait d'être complètement bouleversée et il faudrait bien d'autres séismes avant que la situation revienne à la normale.

On frappa doucement à la porte. Tasha essuya ses larmes.

– Tasha ?
– Entre, Mike.
– Je voulais simplement voir si tout allait bien.

Il la couvait d'un œil inquiet, un pâle sourire sur les lèvres.

– Tu dois me trouver un peu débile, vu les circonstances, ajouta-t-il.

Tasha secoua la tête. Mike avait sûrement deviné qu'elle pleurait.

– C'est si bizarre, dit-elle. Je n'arrive pas à y croire. Je ne peux m'empêcher de penser que je vais me réveiller, ou que ça va être bientôt la fin du film.

Mike vint s'asseoir près d'elle. Elle contempla son visage franc et lisse, son nez petit et mince, ses grands yeux noirs.

– Et s'ils avaient raison ? reprit-elle. S'il l'avait vraiment tuée ?

Mike la regarda, interloqué.

– Tu ne peux pas croire ça, n'est-ce pas ?
– Je ne sais plus ce qu'il faut croire.

Elle raconta à Mike tout ce que lui avait dit l'inspecteur Marchand, et tout ce qu'elle-même savait.

Il hocha la tête, lentement.

– Mais il s'agit de ton père, Tasha. C'est un cuisinier, pas un assassin.

Tasha aurait donné n'importe quoi pour en être aussi convaincue.

Elle fut réveillée par le claquement d'une portière de voiture et consulta sa montre. À sa grande surprise, il était près de trois heures. Trois heures de l'après-midi, car le soleil inondait la chambre. Elle avait dormi la moitié de la journée.

Elle se leva, prit une douche rapide et s'habilla. Elle était en train de faire le lit lorsque Mme Bhupal frappa à la porte.

– Ta tante est là, Tasha.

Tante Cynthia, c'était Catherine Scanlan en plus grande, plus mince et plus blonde. Mais la ressemblance était telle – les yeux pers si pénétrants, la bouche généreuse et la chevelure épaisse qui descendait en cascade – que quiconque connaissant l'une des deux sœurs aurait pu sans hésitation identifier l'autre n'importe où.

Tante Cynthia avait les yeux cernés et ses cheveux avaient besoin d'un bon coup de brosse. Elle n'a pas dû dormir beaucoup, pensa Tasha. Pour venir de l'État de Washington, elle a dû prendre un avion très tôt ce matin – tout de suite après avoir appris que sa sœur avait été assassinée.

– Un taxi nous attend, dit-elle à Tasha. Viens, allons prendre tes affaires.

Tasha eut l'impression qu'on s'adressait à elle comme à une enfant de quatre ans à qui on demande de ranger ses jouets.

– Je n'ai rien ici, répliqua-t-elle avec raideur.

Elle remercia Mme Bhupal pour son hospitalité et suivit sa tante jusqu'au taxi.

– C'est vrai que tu as grandi, dit tante Cynthia une fois dans la voiture. Quel âge as-tu maintenant, quatorze ans ?

– Quinze. Presque seize.

Tante Cynthia secoua la tête.

– Seize ans, fit-elle en soupirant. Le bel âge. Et arrives-tu à tenir le coup ?

– Je pense que oui.

– Pauvre Cathy. J'ai toujours eu l'impression que ton père me cachait quelque chose.

Tasha dévisagea sa tante.

– Es-tu en train de me dire que c'est lui le coupable ?

Tante Cynthia rougit violemment.

– Eh bien… Tasha, il a été arrêté, non ? La police a sûrement de bonnes raisons…

– Je me demande pourquoi papa t'a fait venir, coupa Tasha. Tu n'es même pas de son côté. Tu es déjà convaincue qu'il est coupable.

Elle s'enfonça dans son siège et n'ouvrit plus la bouche jusqu'à la maison.

– Je sais que tu es en colère contre moi.

Tante Cynthia déposa une assiette de spaghettis devant Tasha. Depuis une heure, elle jacassait sans arrêt en préparant le repas, faisant comme s'il ne s'était rien passé dans le taxi et décrivant de long en large le petit restaurant qu'elle tenait dans l'État de Washington.

Tasha n'avait guère ouvert la bouche et tante Cynthia tentait à présent de détendre l'atmosphère.

– C'est vrai que ton père et moi, on ne s'est jamais très bien entendus. Mais ça n'a rien d'un secret, n'est-ce pas ?

– Je croyais que c'était avec ma mère que tu ne t'entendais pas, répliqua Tasha. J'ignorais que tu avais ce problème avec toute la famille.

– Ta mère et moi, on s'entendait très bien. Elle me manque… elle m'a terriblement manqué. Et apprendre maintenant qu'elle a été…

Les joues de tante Cynthia s'empourprèrent.

– Et puis, ce n'est pas de sa faute si papa leur a cédé le Café, à elle et à ton père. Mais t'es-tu déjà demandé ce que ça m'a fait, *à moi* ? Catherine n'a jamais voulu travailler dans la restauration. Elle a accepté uniquement parce que ton père en avait terriblement envie, et qu'elle était follement amoureuse de lui. Celle qui est sortie de l'École du Cordon bleu, à Paris, c'est moi. Le savais-tu ? Mais Cathy a toujours été la préférée de papa, et il aimait beaucoup Leonard aussi. Si bien que quand il a décidé de prendre sa retraite, il leur a légué le Café. Il ne m'a même pas demandé ce que je voulais ou si je pouvais être intéressée.

L'amertume de sa tante stupéfia Tasha. Comme si cette blessure à son amour-propre était encore toute fraîche.

– Pourquoi ne pas lui avoir dit ce que tu ressentais ? Pourquoi reporter ta colère contre ma mère ?

– Je n'ai jamais fait ça, protesta tante Cynthia.

– Vous n'arrêtiez pas de vous chamailler, toutes les deux.

– Ce n'est pas vrai.

– Si, c'est vrai. Chaque fois que tu venais nous voir.

Tante Cynthia rangeait soigneusement les spaghettis sur le pourtour de son assiette.

– On ne se chamaillait pas *tout* le temps, reprit-elle. Tu ne te rappelles probablement que ma dernière visite. Ça s'est envenimé cette fois-là. Quand j'ai appris que Catherine avait vendu sa part du Café à ton père, qui devenait ainsi l'unique propriétaire. Je pense que c'était environ un mois avant qu'elle… avant qu'elle disparaisse. Il ne lui est jamais venu à l'esprit de m'offrir sa part à moi. Elle *savait* pourtant combien j'étais attachée au Café. Et que j'aurais fait n'importe quoi pour m'en occuper.

Elle secoua la tête, comme pour chasser la colère qui la gagnait.

– Notre famille avait tenu le Café pendant plus de soixante ans. Et ta mère l'a vendu à ton père comme un vieux meuble dont on se débarrasse, comme s'il n'avait aucune valeur à ses yeux. Elle n'a même pas pensé à moi. Et puis… tout de suite après…

Elle planta rageusement sa fourchette dans l'assiette de spaghettis.

– ... ton père a vendu le Café. Comme ça. Il ne me l'a annoncé que plusieurs mois après, quand il était trop tard pour que je fasse quoi que ce soit. Je l'aurais repris, moi, le Café. J'aurais été fière de le tenir. Mais personne ne m'en a donné la chance.

Tasha dévisageait sa tante, bouche bée.

– Je ne savais rien de tout ça.

– Comment aurais-tu pu le savoir ? répondit sa tante en haussant les épaules. Tu n'étais qu'une enfant.

Assises l'une en face de l'autre à la table de la cuisine, elles jouaient avec leur nourriture sans rien avaler.

– Crois-tu que mon père soit coupable ? finit par demander Tasha.

– Tasha...

– Tu n'imagines pas ce que c'est. Les gens parlent dans mon dos, et ils se taisent dès que j'approche. Ils ont tous leur opinion, pour ou contre. Plutôt contre, d'ailleurs. Mais tu connais mon père. Tu sais quel genre de personne il est. Qu'en penses-tu, toi ?

Tante Cynthia se mit à jouer avec son verre.

– Je pense qu'il faut laisser ces choses-là aux spécialistes. C'est le travail des policiers et des avocats, de découvrir ce qui s'est réellement passé, de trouver les coupables.

Tasha regarda sa tante en silence. Elle avait l'estomac noué.

– Tu as dit dans le taxi que tu avais toujours su que mon père te cachait quelque chose. Qu'est-ce que tu voulais dire ?

– Et si on changeait de sujet ? répondit tante Cynthia. On a du temps à rattraper, toi et moi. La dernière fois qu'on s'est vues, tu étais jeune. Et tu as seize ans, maintenant...

– Quinze.

Tante Cynthia se força à sourire.

– Quinze, fit-elle. J'admets mon erreur.

Tasha abattit son poing sur la table avec une telle violence que les assiettes s'entrechoquèrent.

– Réponds à ma question, cria-t-elle. Sois honnête avec moi. Est-ce trop te demander ?

Tante Cynthia la regarda, interloquée.

– Écoute Tasha, nous allons devoir vivre ensemble pendant un certain temps. Ça pourrait durer des semaines, peut-être plus. Je pense que le mieux, pour nous deux, serait d'éviter ce sujet, et d'essayer de vivre le plus normalement possible.

Tasha s'était levée avant même que sa tante ait fini sa phrase et cria :

– Si tu l'avais cru innocent, tu l'aurais dit ! Je me trompe ? hurla-t-elle, se sentant trahie par la propre sœur de sa mère. Si je me trompe, dis-le-moi ! Dis-moi : « Tu fais erreur, Tasha, je crois très sincèrement que ton père est innocent. » Allez, dis-le !

Tante Cynthia la fixait en silence, abasourdie.

Tasha tourna les talons et s'enfuit de la maison.

7

— Michael est dans le garage.

M. Bhupal l'examinait d'un œil scrutateur qui la mit mal à l'aise. Elle était sûre d'avoir les paupières rouges et gonflées. Et ses joues devaient encore porter des traces de larmes. Elle avait pourtant tout fait pour ne pas pleurer, en vain. Elle détestait avoir tout le temps l'air à plaindre. Mais chaque fois qu'elle pensait que ça ne pouvait pas aller plus mal, les choses empiraient. Si tante Cynthia ne croyait pas en l'innocence de son père, qui allait y croire ?

— Tu es sûre que ça va, Tasha ?

— Oui, ça va bien, répondit-elle d'une voix cassée, se forçant à sourire pour qu'il la croie. Je vais bien, monsieur Bhupal. Merci.

À son grand soulagement, il tourna les talons et rentra dans la maison. Elle se dirigea rapidement vers le garage, au fond du jardin, et gratta à la petite porte latérale avant de l'ouvrir. Michael, assis devant un établi, bricolait une petite boîte métallique. Un ordinateur portable était ouvert, juste à côté de lui. Il l'accueillit avec un sourire.

– Prends un tabouret.

Quand elle fut installée à son côté, il la regarda attentivement.

– Tu as pleuré, hein ?

Elle hocha la tête et s'empressa de changer de sujet.

– Qu'est-ce que tu fabriques en ce moment ?

Avec Mike, quand il ne s'agissait pas d'ordinateurs, cela avait un rapport avec l'électronique. Il adorait les gadgets.

– Je suis en train d'adapter ce dispositif de pistage pour ma grand-mère.

Tasha fronça les sourcils.

– Ta grand-mère a besoin d'un dispositif de pistage ?

– Elle a des doutes sur Charlie.

– Charlie ?

– Son chat. Elle le soupçonne de mener une double vie.

Un peu perdue, Tasha secoua la tête.

– Charlie adore aller rôder la nuit. Mais il prend de l'âge, et ma grand-mère se fait du souci. Tu sais, elle a peur qu'il se perde, qu'il ait un accident et qu'elle ne sache pas où il est. Ce genre de choses.

– Et tu lui bricoles un mouchard ?

– Non, ça, je l'ai acheté. Mais je suis en train de le modifier pour le mettre en interface avec l'ordinateur de grand-mère.

– Ta grand-mère a un ordinateur ?

– Bien sûr, répondit Mike en grimaçant un sourire. Sinon, elle ne serait pas *ma* grand-mère. Une fois attaché au collier de Charlie, ce petit truc enverra un signal que grand-mère pourra suivre sur son écran. Approche. Qu'est-ce que tu vois ?

Elle scruta l'écran de l'ordinateur.

– On dirait un plan de la ville.

– En fait, c'est un plan du quartier. Regarde.

Il appuya sur la touche de tabulation et le plan glissa vers la gauche.

– J'ai tout le plan de la ville là-dessus, gracieuseté du Service de l'aménagement... gracieuseté de papa, devrais-je plutôt dire. Bon, surveille l'écran maintenant.

Il se dirigea vers la porte.

– Hé ! Où vas-tu ?

– Surveille l'écran, le point qui clignote !

Tasha baissa les yeux vers l'écran. Le petit curseur remonta la rue Dunlop, celle où habitait Mike, bifurqua à l'est sur Jamieson, plus au sud sur Linders, pour remonter enfin Dunlop.

Quelques minutes plus tard, Mike, tout essoufflé, franchissait la porte du garage.

– Sais-tu où je suis allé ? demanda-t-il.

– Tu as fait le tour du pâté de maisons, répondit Tasha en souriant. C'est génial !

Mike rayonnait.

– Avec ça, ma grand-mère peut avoir Charlie à l'œil sur un rayon de deux kilomètres. En fait, ce mouchard peut fonctionner à des distances dix fois plus grandes. Mais Charlie a huit ans. Jusqu'où ça se promène, un chat, d'après toi ?

Tasha haussa les épaules.

– Je ne connais pas grand-chose aux chats.

En fait, elle n'y connaissait rien du tout.

Soudain, l'écran devint noir.

– Oh, oh! fit Mike.

– Que se passe-t-il?

– Un petit pépin. Je ne sais pas trop si c'est le plan ou le mouchard qui pose problème.

Il s'assit et commença à démonter patiemment le dispositif.

Tasha le regarda faire quelques minutes.

– Ça ne te dérange pas si je te parle pendant que tu travailles?

– Pas du tout. Tu n'as même pas besoin de le demander, répondit-il avec un sourire.

Ces paroles la réconfortèrent. Elle se détendit un peu en lui rapportant tout ce qu'avait dit sa tante.

– Si tu veux mon avis, c'est une bonne chose qu'elle soit venue, dit Mike quand elle eut fini.

– Une bonne chose? Comment ça? As-tu écouté ce que j'ai dit? Elle croit que mon père est coupable.

– J'ai l'impression que ta tante t'a aidée à finalement te faire une idée à propos de ton père. En fait, il semble bien que tu sois de mon avis.

– Que veux-tu dire?

– Ton père est innocent, Tasha.

Elle lui jeta un regard perplexe.

– Tu dis ça comme si c'était un fait avéré.

– Ça ne l'est pas?

– Et qu'est-ce que tu fais de tout ce que je t'ai raconté ? Le fait qu'il ait quitté la maison cette nuit-là ? Qu'il ait vendu ensuite le Café à toute allure et à perte ?

Mike haussa les épaules.

– Il doit bien y avoir une explication logique à tout ça.

– Comment le sais-tu ?

– Ton père a-t-il déjà agressé quelqu'un, à ta connaissance ?

– Non.

– A-t-il déjà frappé ta mère quand ils se disputaient ?

– Non.

– J'aime bien ton père. C'est un type sympa et un grand cuisinier. Pas un assassin.

– Mais la police… ?

– Elle fait tout pour lui coller le meurtre sur le dos. Et je suis sûr que le bureau du procureur de la Couronne est avec elle. *Et* la presse aussi. Je ne crois pas qu'il y ait beaucoup de monde qui prenne parti pour ton père.

Mille pensées se bousculaient dans l'esprit de Tasha. Elle refusait de croire son père coupable. Mais tous les faits étaient contre lui. Pourtant, Mike avait raison. Elle le savait au fond de son cœur. Son père était un brave homme. Quand lui et sa mère se disputaient, c'était généralement elle qui commençait, pas lui. Et même s'il pouvait se mettre en colère et perdre son sang-froid, elle ne l'avait jamais vu devenir physiquement violent.

Il n'avait jamais levé la main sur elle ou sur qui que ce soit, à sa connaissance. Il ne lui avait jamais donné la moindre fessée.

– Mais si les policiers sont convaincus que c'est mon père le meurtrier, dit-elle, ils ne vont pas perdre leur temps à chercher qui a vraiment fait le coup.

Mike hocha la tête.

– Ce qui veut dire, poursuivit Tasha, réfléchissant tout haut, qu'il va falloir que quelqu'un leur prouve qu'ils se trompent.

8

– Où étais-tu ? demanda tante Cynthia, tout essoufflée, en lui ouvrant la porte.

Tasha devina que sa tante avait dû guetter son arrivée à la fenêtre.

– Sortie faire un tour.

Elle en voulait encore à sa tante et aurait préféré qu'elle reste où elle était. Elle aurait aimé cent fois mieux aller chez les Bhupal.

– J'étais inquiète.

« Et après ? » faillit répliquer Tasha.

– Je suis assez grande pour me débrouiller, préféra-t-elle répondre.

– Je n'en doute pas. Tu ressembles à ta mère – tu as du caractère.

Elle grimaça un timide sourire, mais Tasha resta de marbre. Tante Cynthia soupira et secoua la tête.

– Je sais que tu es en colère contre moi, et je suis désolée. Seulement...

– Seulement *quoi* ? coupa Tasha... Seulement tu crois que mon père est un assassin, c'est ça ?

Tante Cynthia resta silencieuse un petit moment. Puis elle hocha lentement la tête.

– Cathy et moi n'étions peut-être pas aussi proches que peuvent l'être deux sœurs, commença-t-elle, mais nous sommes toujours restées en contact. *Toujours*.

Elle jeta un regard interrogateur à Tasha, comme si elle pensait à quelque chose.

– J'ai parlé à ton père quelques mois après que ta mère... après le départ de ta mère. Je voulais savoir où elle était. Il m'a dit qu'il avait reçu quelques lettres de Vancouver. Alors j'ai essayé de retrouver sa trace là-bas. Rien. Mais quand je l'ai dit à ton père, ça ne lui a fait ni chaud ni froid, apparemment. Elle doit être en train de se balader autour du monde, voilà ce qu'il a répondu. Sous-entendu : ça ressemble bien à Cathy de ne penser qu'à elle.

Les larmes lui montèrent aux yeux.

– Mais ce n'est pas vrai, Tasha. Ça ne lui ressemblait pas du tout. Elle avait peut-être des défauts, mais elle n'était pas assez insensible pour quitter sa famille sans jamais redonner de nouvelles. Ton père aurait dû le savoir.

– Et c'est pour ça que tu crois qu'il mentait ?

– Je ne peux pas nier ce que je ressens.

– Moi non plus, répondit Tasha.

Il devait y avoir une raison pour laquelle son père avait réagi ainsi. Peut-être croyait-il vraiment ce qu'il disait ? Peut-être qu'il ressentait le départ de sa femme comme un geste si cruel que cela lui ôtait toute envie d'essayer de la retrouver.

– Tu as le droit de penser ce que tu veux, mais moi aussi. Et je crois – non, j'en suis sûre – que mon père est innocent. Je m'en fiche si je suis la seule personne de cet avis.

Elle songea à Mike.

– En fait, nous sommes deux à le croire. Mon père est innocent, et j'ai bien l'intention de tout faire pour le prouver.

Tante Cynthia ouvrit tout grands ses yeux pers et réagit :

– Mais Tasha, c'est le travail des policiers...

– Les policiers pensent que l'affaire est close. Maintenant qu'ils ont arrêté un suspect, je parie qu'ils ne vont même pas se donner la peine d'examiner d'autres pistes. Ils vont tout faire pour que papa soit reconnu coupable. Personne ne va essayer de prouver qu'il est innocent. Personne, excepté moi et Mike.

– Tasha, attends. L'avocat de ton père va sans doute contester...

– Tu peux dire ce que tu veux, tante Cynthia, mais tu ne pourras pas m'en empêcher. Si tu n'es pas d'accord, c'est parfait. Tu peux retourner chez toi, dans l'Ouest. Je suis capable de me débrouiller sans toi.

Tante Cynthia secoua la tête et battit en retraite comme si elle capitulait.

Le lendemain était un dimanche. Tasha se leva de bonne heure et fila chez Mike. Elle le trouva dans le garage.

– J'ai pensé à ça toute la nuit, commença-t-elle. Si nous partons du principe que mon père est innocent, il faut donc que ce soit quelqu'un d'autre qui ait commis le crime. Et pour trouver qui a pu faire ça, il faut reconstituer ce qui est arrivé à ma mère après qu'elle eut quitté la maison cette nuit-là – où elle est allée, qui elle a pu rencontrer, tout ça.

– Ça me semble tout à fait logique, répondit Mike.

Il travaillait encore sur son dispositif de pistage, les yeux fixés sur l'écran du portable.

– Ouais, mais comment s'y prendre ? Par où commencer ?

– Il faudrait partir de ce qu'on sait déjà, non ? C'est-à-dire...

Mike réfléchit un moment, et jeta un regard interrogateur à Tasha.

– Que savons-nous exactement ?

– Nous savons que ma mère a quitté la maison très tard le soir de l'ouragan.

– As-tu une idée de l'heure qu'il était ?

– Quelque chose comme dix heures et demie. Peut-être un peu plus tard. Et nous savons qu'elle n'a pas pris la voiture parce que la police dit que mon père s'en est servi plus tard cette nuit-là.

– Elle a dû prendre un taxi, alors. Ou quelqu'un l'a emmenée.

Exaspérée, Tasha secoua la tête.

– Que ce soit l'un ou l'autre, ça ne nous avance pas beaucoup. Si elle est partie avec quelqu'un, comment savoir avec qui ? Et si elle a pris un taxi, quelle chance avons-nous de retrouver la compagnie, et ensuite le chauffeur – en supposant qu'il travaille encore là ? Et qui peut se rappeler une cliente prise il y a cinq ans ? Nous n'avons pas une chance sur un million.

Mike haussa les épaules.

– Mettons ça de côté pour l'instant, et voyons ce que nous savons d'autre.

– Pas grand-chose, répondit Tasha qui commençait à se décourager.

Ils n'y arriveraient jamais. Après tout, Mike et elle n'étaient pas détectives.

– Une chose est sûre, reprit Mike en fixant Tasha sans sourciller. C'est l'endroit où elle a fini.

Tasha sursauta, assaillie par les images qu'évoquaient ces paroles – un sous-sol obscur, des blessures multiples, la longue chevelure châtain de sa mère...

– Je suis désolé, Tasha, mais si nous voulons agir, il faut que nous soyons capables d'en parler.

– Je sais, répondit Tasha, la gorge nouée.

Elle prit une profonde inspiration et soutint son regard.

– Que savons-nous d'autre ? enchaîna-t-elle. Qu'elle est allée au Café Montréal durant la nuit. Soit de son plein gré, soit parce qu'on l'y a obligée. Il n'y a pas d'autre solution.

– Peut-être que quelqu'un se souvient de l'avoir vue au Café ce soir-là. Est-ce que c'était encore ouvert à cette heure-là ?

– Le Café était ouvert jusqu'à une heure du matin, sept jours sur sept.

– Alors il y a forcément quelqu'un qui l'a vue. Un membre du personnel.

Il lui lança un regard interrogateur.

– J'imagine que tu ne te souviens pas des gens qui travaillaient au Café à cette époque ?

– Monsieur Horstbueller.

– Horst quoi ?

– *Horst-buel-ler*, fit-elle en détachant les syllabes. Il s'est occupé de la gérance du Café quand ma mère a repris ses études. Evart Horstbueller. Un nom qu'on n'oublie pas. Il devait être là, c'est sûr. Mon père disait tout le temps qu'il était réglé comme une montre suisse, et ça faisait rire ma mère. Et elle lui répondait toujours : « Evart est hollandais, pas suisse. »

Elle entendait encore le rire de sa mère en racontant cet épisode. Elle sentit les larmes lui monter aux yeux, mais réussit à tenir le coup. Pleurer n'aiderait en rien son père. Ce qu'il fallait, c'était de la logique et de la détermination.

– Il avait l'habitude d'arriver au restaurant à dix heures le matin et restait toujours jusqu'à la fermeture.

– Parfait, fit Mike. Tout ce que nous avons à faire, c'est de retrouver ce monsieur Horstbueller. Je ne sais pas si ce sera difficile. Reste ici, je reviens tout de suite.

Il sortit précipitamment du garage pour réapparaître quelques minutes plus tard chargé d'un annuaire téléphonique, de deux verres de lait et d'une assiette de tartines de confiture.

– Le pain est encore tout chaud. Maman a eu une machine à pain pour son anniversaire. Tous les soirs avant de se coucher, elle y met les ingrédients qu'il faut, et chaque matin, j'ai l'impression de me réveiller dans une boulangerie. Tiens, sers-toi.

Tasha prit un morceau de pain frais. Elle n'avait pas vraiment faim.

– OK, Horst…, reprit Mike en finissant sa tartine. Horst… Horsten… Pas le moindre Horstbueller, ajouta-t-il l'air dépité.

– Tu es sûr ? Attends, peut-être que tu l'épelles mal.

Elle lui prit l'annuaire des mains et éplucha les colonnes imprimées. Mike avait raison. Pas de Horstbueller.

– Il doit avoir déménagé.

Une idée terrible la frappa.

– Il est peut-être mort. C'était un homme âgé. Dans la cinquantaine, il me semble. Qu'est-ce qu'on fait, maintenant ? ajouta-t-elle effondrée.

– Qui d'autre travaillait au Café ?

Tasha secoua la tête. Puis ce fut l'illumination.

– Mike ! Tu sais, quand tu vas chez le médecin ou le dentiste, ces espèces de diplômes qu'ils ont sur le mur, reprit-elle, tout excitée à l'idée d'avoir trouvé une piste. Mon dentiste en a un. C'est un permis d'exercer délivré par le collège des dentistes, quelque chose comme ça.

Mike la regarda, perplexe.

– Et alors ?

– Imagine que tu es dentiste et que tu décides de t'installer ailleurs. Tu ne penses pas que l'ordre des dentistes doit savoir dans quel endroit tu t'en vas ? Ça ne fait pas partie de son rôle ?

– Je suppose que oui, mais...

– Monsieur Horstbueller avait un certificat comme ça accroché au-dessus de son bureau. Dans un cadre, avec un de ces sceaux dorés, tu sais. Je m'en souviens parce que quand je l'ai vu, j'ai cru qu'il était docteur. C'était le certificat d'une association de restaurateurs.

– Bien sûr, dit-il. Ça paraît logique. Si ce monsieur Horstbueller travaille dans un restaurant quelque part, ou s'il a pris sa retraite, ils sauront peut-être où il est.

– Exactement.

Mike feuilletait déjà l'annuaire téléphonique.

– Voilà. Association nationale des restaurateurs. Ils ont un bureau au centre-ville. Viens.

– Au centre-ville ?

– Non, à la maison. Leur téléphoner.

– Pour leur dire quoi ?

Il s'arrêta net, réfléchit un moment. Puis son visage s'éclaira.

– On leur dira qu'on veut ouvrir un nouveau restaurant, et qu'on aimerait retrouver le fameux restaurateur Evart Horstbueller pour lui offrir un poste.

– Pas mal, répondit Tasha en riant.

Au téléphone, Mike baissa sa voix d'un ton pour avoir l'air plus convaincant dans son rôle de jeune restaurateur. Sans succès.

– Ils ignorent ce qu'il est advenu de lui, dit-il en raccrochant. Il n'a pas renouvelé sa cotisation depuis environ cinq ans – depuis l'époque où ta mère a disparu.

– Nous voilà revenus à la case départ. À moins que...

Il y avait peut-être autre chose à faire, une autre piste à suivre.

– À moins que quoi ?

– Mon père a gardé un tas de vieilles paperasses qui dataient du Café. Je me souviens de lui avoir déjà demandé pourquoi il ne jetait pas tout ça, et il m'a dit qu'il les conservait à tout hasard. Des histoires d'impôts, je suppose. Peut-être qu'on pourrait y trouver des renseignements sur les gens qui travaillaient au restaurant. Il y avait ce gars, Enrico quelque chose. Il était serveur depuis que j'étais toute petite. Je suis sûre qu'il était là en même temps que monsieur Horstbueller. On pourrait peut-être trouver son nom dans les archives de papa. Il saura peut-être quelque chose. Peut-être travaillait-il, ce soir-là. Ou peut-être saura-t-il où trouver monsieur Horstbueller.

– Pas bête, commenta Mike. Où sont ces dossiers ?

– Dans la cave, chez nous.

9

Tante Cynthia dormait encore quand Tasha et Mike pénétrèrent dans la maison pour disparaître aussitôt à la cave. Tasha se dirigea vers le fond, près de la chaudière et de la machine à laver. Dans le coin trônait un classeur métallique à quatre tiroirs.

– Les dossiers sont là-dedans, dit-elle.

Elle ouvrit le premier tiroir et passa en revue le contenu des multiples chemises cartonnées, soigneusement étiquetées. Il s'agissait de documents récents, qui concernaient la chaîne Lenny et Denny dont son père et Denny Durant étaient propriétaires. Elle fouilla le deuxième tiroir. Là encore, Lenny et Denny. Son enthousiasme faiblit. Son père aurait-il jeté tous ces vieux papiers ?

Le tiroir suivant ne contenait rien d'intéressant non plus. La main de Tasha tremblait lorsqu'elle saisit la poignée du dernier tiroir. S'ils ne trouvaient pas les archives du Café Montréal dans celui-là, cela voudrait dire que son père avait détruit tout ce qui se rattachait au passé, ou encore qu'il avait remis tout au nouveau propriétaire au moment de la vente. Elle ouvrit le tiroir en retenant son souffle. Derrière elle, Mike était étonnamment calme.

Elle fouilla parmi les dossiers. Enfin! Les archives du Café étaient là. De vieilles déclarations d'impôts. D'anciennes demandes de remboursement pour des frais dentaires ou médicaux. Et ça? Qu'est-ce que c'était? Une chemise sans étiquette. Tasha la sortit du tiroir et lâcha un cri. Un paquet de photographies dégringola pour s'éparpiller sur le sol. Elle resta plantée là, stupéfaite, tandis que Mike s'accroupissait pour les ramasser.

– Hé! On dirait…
– Ma mère, fit Tasha.

Elle lui prit les photos des mains gentiment, presque avec déférence. La seule photo de sa mère qu'elle ait vue depuis cinq ans était celle qui trônait dans son petit cadre d'argent sur sa table de nuit. On y voyait Tasha, à trois ans, assise sur les genoux de sa mère; toutes deux portaient une robe de velours bleu marine à col de dentelle, et regardaient l'objectif en souriant.

– Ta mère était drôlement belle, dit Mike. Tu lui ressembles beaucoup.

Tasha triait les photographies d'une main tremblante. Mike avait raison. Sa mère était magnifique. Elle se sentit redevenir la petite fille qui gigotait de plaisir au son des drôles de voix qu'empruntait sa mère quand elle lui lisait ses livres d'images, ou qui riait à perdre haleine quand elles se chatouillaient, ou qui dansait dans la rue, la main dans celle de sa mère, les cheveux saupoudrés de neige. Elle dut se mordre la lèvre pour ne pas éclater en pleurs.

— Je croyais qu'il les avait jetées, dit-elle d'une voix chevrotante. Elles avaient disparu.

Elle replaça les photographies dans la chemise qu'elle posa sur le dessus du classeur, avant de s'agenouiller à nouveau pour fouiller dans le tiroir. Qu'est-ce que c'était que ça ? Des formulaires de demande d'emploi auxquels étaient agrafés des C.V. et des notes griffonnées d'une main que Tasha reconnut : celle de son père.

— Je crois que j'ai trouvé, annonça-t-elle.

Elle feuilleta d'une main tremblante les demandes d'emploi rangées derrière celle de M. Horstbueller. Des noms qui ne lui disaient rien – un serveur débutant, un aide-cuisinier – et soudain, Enrico Zapata.

— C'est lui ! cria-t-elle. C'est cet Enrico qui travaillait au restaurant à la même époque que monsieur Horstbueller.

— Y a-t-il une adresse ?

— Une adresse *plus* un numéro de téléphone !

Tasha replaça le reste des papiers dans la chemise et referma le tiroir.

— Allons l'appeler, dit-elle en emportant avec elle les photographies et le dossier d'Enrico Zapata.

Deux minutes plus tard, sa joie était retombée. Elle reposa le combiné d'un air lugubre.

— Il n'y a plus d'abonné à ce numéro, dit-elle, répétant l'enregistrement qu'elle venait d'entendre.

Mike ne semblait pas aussi déçu qu'elle.

— Pousse-toi, et admire le fin limier en pleine action ! fanfaronna-t-il.

Tandis que Tasha se demandait ce qu'il pouvait bien comploter, il attrapa l'annuaire et l'ouvrit aux dernières pages.

– Zapata... Zapata, marmonnait-il.

Elle éclata de rire malgré elle et dit :

– Mais c'est à la portée de tout le monde.

– Peut-être, mais personne n'y a pensé, répliqua-t-il en faisant une grimace. Bon, nous avons sept Zapata, mais pas un seul dont le prénom commence par E. Nous avons aussi une pizzeria Zapata. Essayons toujours.

Il décrocha le combiné.

– Qu'est-ce que tu fais ? demanda Tasha.

– J'appelle les Zapata.

– Mais tu as dit...

– Peut-être que l'un de ces Zapata est parent de celui que nous cherchons. Ou peut-être qu'Enrico n'est que son deuxième prénom, et qu'il est inscrit dans l'annuaire avec l'autre initiale.

– Ou peut-être qu'il n'habite plus cette ville.

– On ne le saura jamais si on n'essaie pas.

Il se mit à composer un numéro. Assise par terre en tailleur, Tasha suivait les recherches. La série de questions était toujours la même, comme si elle avait été écrite d'avance.

– Puis-je parler à monsieur Enrico Zapata ? Oh, il n'y a personne de ce nom chez vous. Je vois. Seriez-vous par hasard parent d'un Enrico Zapata ? Non ? C'est que j'ai trouvé son portefeuille et il semble qu'il contienne une certaine somme d'argent. On dirait qu'il l'a laissé tomber dans quelque chose, du goudron peut-être. Je peux lire le nom, mais pas l'adresse ni le numéro de téléphone. Non ? Eh bien, je vous remercie.

— Pourquoi racontes-tu cette histoire ?

Mike haussa les épaules.

— Nous vivons à l'ère du cynisme, Tasha. Certaines personnes se méfient quand un parfait étranger les appelle pour leur demander le numéro de téléphone d'un parent ou d'un ami. Comme ça, je les appâte un peu pour leur délier la langue.

À une seule occasion, le dernier Zapata, Mike dut dévier de son scénario. Ce Zapata-là commença par prétendre ne connaître aucun Enrico, mais changea d'avis à la mention du portefeuille.

— Oh, c'est votre frère ? Je vois. Et il vit avec vous ? Mais vous m'aviez dit… Je vois. Bien, je vais vous donner mon numéro de téléphone, et s'il peut m'appeler pour me dire combien d'argent il avait dans son portefeuille et de quelle couleur est celui-ci, je le lui remettrai avec grand plaisir.

Il donna un numéro de téléphone qu'il répéta.

— Ce n'est pas ton numéro, dit Tasha quand il raccrocha.

— C'est celui de la bibliothèque municipale. Mais ça n'a aucune importance. Aucun risque qu'il rappelle.

Tasha s'adossa contre le mur.

— Encore une mauvaise piste.

— Il me reste un appel à passer.

— Mais tu disais qu'il y avait sept Zapata…

— Plus la pizzeria.

Avant que Tasha ait pu protester, il composa le numéro.

– Allô, Pizza Zapata ? Puis-je parler à monsieur Enrico Zapata, s'il vous plaît ?

Il y eut un silence. Soudain, Mike haussa les sourcils.

– Qu'est-ce qu'il y a ? demanda Tasha en se penchant vers lui.

– Allô ? Oui. Oui, c'est ça. Je cherche un monsieur Enrico Zapata qui a déjà été serveur au Café Montréal. Oh... Je vois, ajouta-t-il d'un air déçu.

Tasha retenait son souffle et croisait les doigts, à l'affût du moindre indice sur le visage de Mike.

– Oui, reprit celui-ci. Oui... c'est ça... Très bien, je vous remercie.

Mike raccrocha d'un air sombre. Le bruit sec du combiné eut quelque chose de définitif. Comme une porte qui claque.

– Bon, dit Mike sur un ton lent, presque à contrecœur. Tout ça prouve bien que... que je suis le gars le plus chanceux du monde !

Tasha écarquilla les yeux. De quoi parlait-il ?

– Viens, on y va, dit Mike, qui fouillait dans sa poche à la recherche de ses clefs de voiture.

Il se baissa pour lui prendre la main et l'aider à se lever.

– Où ça ?

– Chez Pizza Zapata. Parler à Enrico Zapata, ancien serveur du Café Montréal.

– C'était donc lui ? demanda Tasha incrédule. Tu lui as parlé ?

– C'était son neveu. Enrico est là-bas, mais il ne pouvait pas venir au téléphone. Que dirais-tu d'aller y faire un tour pour bavarder un peu avec lui ?

C'était la première fois que Tasha mettait les pieds dans une pizzeria décorée dans le style « Tex-Mex ». On avait peint des cactus et des scènes de désert sur les murs d'adobe, et accroché des sombreros et des ponchos autour des fenêtres et au-dessus des banquettes.

– Qu'est-ce que je vous sers ? demanda un jeune homme aux cheveux noirs quand Tasha et Mike arrivèrent au comptoir.

Tasha jeta un regard autour d'elle et repéra un visage familier derrière le muret qui séparait la cuisine de la salle du restaurant.

– C'est lui, souffla-t-elle à Mike. Enrico Zapata.

Au même moment, Enrico Zapata leva les yeux vers la salle. Ses yeux rencontrèrent ceux de Tasha et il fronça les sourcils. Il avança de quelques pas et la fixa à nouveau. Son visage s'illumina soudain. Il sortit précipitamment de la cuisine et vint vers elle.

– Tu ne serais pas la fille de Catherine Scanlan, par hasard ?

Tasha fit oui de la tête.

– Je le savais ! claironna Enrico Zapata. Tu as les mêmes yeux, la même bouche que ta mère.

Son sourire s'évanouit et la joie céda le pas à la tristesse.

– J'ai appris la nouvelle, reprit-il. C'est terrible. Et aujourd'hui, il est arrivé une chose étrange. Quelqu'un a appelé mon neveu au téléphone pour demander si j'avais déjà travaillé au Café Montréal.

– C'était moi, murmura Mike.

– Ah ! fit Enrico Zapata. Mais venez donc vous asseoir.

Ils le suivirent jusqu'à une table et patientèrent pendant qu'il insistait pour leur commander sa fameuse Pizza Cactus Sauvage. En attendant qu'on les serve, Tasha entreprit d'expliquer la raison de sa visite.

– La police a arrêté mon père pour meurtre, commença-t-elle. Mais je ne crois pas qu'il soit coupable. Jamais il n'aurait pu faire une chose pareille.

Enrico Zapata gardait le silence, ce qui découragea Tasha. Elle aurait voulu, pour une fois, que quelqu'un partage son opinion sans hésiter.

– Monsieur Zapata…
– Tu peux m'appeler Rico, tu sais. Comme tout le monde.

Tasha acquiesça d'un signe de tête.

– Rico, reprit-elle, et ce nom résonnait bizarrement à ses oreilles, ma mère est partie de chez nous très tard pendant la soirée du 2 août. Nous ne l'avons jamais revue. Tout ce que nous savons, c'est qu'elle est arrivée au Café Montréal. Je me suis demandé si ce soir-là, vous n'étiez pas de service au restaurant. C'était la nuit de l'ouragan, vous vous souvenez ? La pire tempête depuis les années vingt.

Le serveur apparut avec la pizza et deux verres de Coca.

– Je me souviens de cette nuit-là, répondit Enrico en servant à chacun une part de pizza. J'étais au Café, mais je suis parti de bonne heure. Mon cousin m'avait appelé – j'habitais avec lui à l'époque. Le vent avait arraché la moitié des bardeaux du toit. Quelle nuit épouvantable !

Il se tut et les gratifia tous deux d'un sourire.

– Comment trouvez-vous ma pizza ? Spéciale, n'est-ce pas ?

Tasha ne pouvait pas dire le contraire. Jamais elle n'avait goûté de pizza aussi épicée.

– Je ne mets pas la sauce tomate ordinaire. J'utilise de la salsa. Beaucoup de *salsa picante* bien forte !

– Très intéressant, opina Mike, en faisant suivre chaque bouchée d'une large rasade de Coca-Cola. Donc, le soir de l'ouragan...

– Mon pauvre cousin était en train de devenir fou parce qu'il pleuvait des cordes dans la maison, reprit Enrico. Alors j'ai demandé au gérant – tu te souviens de lui, Tasha ? Monsieur Horseballer...

Mike réprima un sourire.

– Je lui ai demandé si je pouvais m'en aller plus tôt pour aider mon cousin. « Bien sûr », qu'il m'a répondu. C'était tranquille, ce soir-là. Alors je suis parti.

– Avez-vous une idée de l'heure qu'il était quand vous avez quitté le restaurant ? demanda Tasha.

– C'est loin, tout ça, répondit Enrico en secouant la tête. Huit heures et demie. Neuf heures peut-être. Je n'en suis pas sûr.

Trop tôt. Ses parents ne s'étaient même pas disputés à cette heure-là.

– Mais monsieur Horstbueller était encore au Café quand vous êtes parti, enchaîna Mike. Pensez-vous qu'il y soit resté longtemps ?

– Le connaissant, je dirais qu'il y est resté jusqu'à la fermeture. C'était le gars à ne pas risquer de rater un client. On était censés ouvrir de 11 heures à une heure du matin tous les jours, et il s'arrangeait pour tenir parole. Il avait l'habitude de dire : « Et si nous fermons plus tôt et qu'un client arrive ? Il ne reviendra jamais. Et il racontera partout que le Café Montréal n'est pas un endroit accueillant. » Je parie qu'il est resté toute la soirée.

Tasha et Mike échangèrent un regard. Enrico Zapata avait quitté le travail de bonne heure, ce soir-là, et il n'avait donc pu voir la mère de Tasha. Mais il pouvait peut-être encore les aider.

– Je suppose que vous ne savez pas comment nous pourrions trouver monsieur Horstbueller, Enrico ? demanda Tasha.

– Oh si ! Je le sais, répondit Enrico sans l'ombre d'une hésitation. Vous connaissez la rue Mount Pleasant ? Du côté de l'avenue Lawrence ?

Tasha sentit son pouls accélérer. Enfin, quelqu'un qui pouvait les renseigner !

– Il habite là ? demanda Mike.

– Il y est enterré. Il est mort. Il y a cinq ans, peu après la grande tempête.

– Mort ? répéta Tasha en lançant un regard désespéré à Enrico Zapata.

Retrouver la trace d'Evart Horstbueller avait représenté sa dernière chance de savoir à quelle heure sa mère était arrivée au Café, avec qui, et quelles personnes elle y avait rencontrées.

– Vous en êtes sûr ?

C'était une question idiote, elle le savait – comment peut-on ne pas être sûr que quelqu'un est mort ? Ça lui avait échappé.

– Si j'en suis sûr ? J'étais à l'enterrement. Il est mort dans un accident de voiture, si je me souviens bien. En tout cas, c'est ce qu'ils ont raconté.

– Que voulez-vous dire ? demanda Mike. Ce n'était pas un accident ?

Enrico haussa les épaules.

– Les affaires ne marchaient pas très bien au Café. La clientèle avait changé. Le coin aussi avait changé. Ce n'était plus le quartier sympathique qu'on connaissait, avec les familles et tout. Il y avait tous les jours quelque chose dans le journal, des affaires louches. Vous voyez ce que je veux dire ?

Mike acquiesça.

— La drogue, la prostitution, dit-il. Et les gangs.

— Exactement, reprit Enrico en hochant tristement la tête. Il paraît que ça s'était un peu amélioré depuis, mais pendant plusieurs années, le quartier a été dur, vraiment dur. Une bande de voyous s'est mise à traîner autour du Café. Ils ont fait fuir presque toute la clientèle. Monsieur Horseballer pouvait appeler la police deux, trois fois par jour, ça ne donnait rien. On lui disait toujours la même chose : « Appelez-nous si quelqu'un commet un crime. » Aucune loi n'interdit à quelqu'un d'entrer dans un restaurant pour commander un café ou une part de tarte. Alors les affaires ont périclité. C'est pour ça que ton père a décidé de vendre, non ?

Tasha acquiesça d'un signe de tête, même si elle ne prêtait guère attention à ce que disait Enrico. Elle était encore sous le choc de la mort de M. Horstbueller.

— Alors, qui sait ? poursuivit Enrico. Quelqu'un peut perdre courage. Il travaille dur toute sa vie pour construire quelque chose, et tout dégringole. Quand on a un accident de voiture dans des conditions pareilles, qui peut dire si c'est vraiment un accident ?

— Et les autres membres du personnel ? demanda Tasha. Est-ce qu'il y avait d'autres personnes qui travaillaient le soir où vous êtes parti aider votre cousin ?

Enrico se gratta la tête et réfléchit un moment.

— Artie Jacobs était là, je crois. Tu te souviens de lui ? C'était le sous-chef.

— Savez-vous où je peux le trouver ?

— Artie ? Il a pris sa retraite après la vente du Café. Aux dernières nouvelles, il vivait quelque part en Floride. Fort Lauderdale ? Tampa, peut-être ? À moins que ce soit en Arizona, dans un de ces endroits où vont les retraités...

Encore une impasse, pensa Tasha. Quand bien même elle le voudrait, elle n'arriverait jamais à aider son père.

— Et les clients ? demanda Mike. Y avait-il des clients réguliers, ce soir-là ? Quelqu'un qui aurait pu connaître la mère de Tasha ?

Tasha sentit, au ton de sa voix, que lui aussi commençait à se décourager.

— Personne de particulier, répondit Enrico. Des voyous du coin. Un ou deux drogués. Personne de fiable, ça c'est sûr.

Il jeta un coup d'œil à Tasha.

— Je suis désolé. J'aurais bien voulu pouvoir t'aider. J'ai toujours aimé tes parents, tu sais. C'étaient des gens très bien. Même ton père, à l'époque où il était chef. C'était un bon gars, même s'il perdait les pédales de temps en temps.

— Perdait les pédales ? demanda Tasha.

— Son caractère, tu sais. Il pouvait vraiment se déchaîner des fois, surtout si quelqu'un faisait une gaffe à la cuisine. Il brandissait son grand couteau de boucher, et nous engueulait...

Il s'interrompit brutalement et détourna les yeux.

– Je suis désolé, murmura-t-il. Je ne voulais pas dire que je crois que ton père...

– Ce n'est rien, lança Tasha.

Un mensonge. Ce n'était pas anodin. Et si la police décidait d'interroger les anciens employés du Café ? Qu'allaient-ils penser en entendant Enrico parler des colères de son père ? Le procureur de la Couronne allait le faire témoigner – à charge.

– Merci pour tout, dit-elle en se levant. Et je suis contente de voir que vous vous êtes bien débrouillé depuis que papa a vendu le Café, ajouta-t-elle gentiment. C'est vraiment un endroit sympathique.

– Et la cuisine est très originale, ajouta Mike enthousiaste, en se levant à son tour. Je n'avais jamais goûté de pizza Tex-Mex !

– C'est une idée de ma fille, dit Enrico. J'ai appris le métier en travaillant dans les restaurants, comme commis de salle et comme serveur. Ma fille, elle, a appris tout ça à l'école.

Il se mit à rire.

Ma fille. Il y eut un déclic dans l'esprit de Tasha. Mais oui. Il restait peut-être une piste.

– Monsieur Horstbueller habitait de l'autre côté de la ville, vous vous souvenez ? demanda-t-elle à Enrico. Vous vous rappelez qu'il ne voulait pas passer son permis de conduire ? Il disait qu'il y avait trop de fous au volant.

– Bien sûr, répondit Enrico en grimaçant un sourire. Sa fille le déposait chaque matin. Et repassait le prendre chaque soir aussi. Je m'en souviens parce que je trouvais qu'il avait de la chance d'avoir une fille aussi gentille. Traverser toute la ville deux fois par jour simplement parce que son père était trop têtu pour apprendre lui-même à conduire...

— Savez-vous si elle habite toujours ici ?

— On n'a trouvé aucun Horstbueller dans l'annuaire, précisa Mike.

— J'ai entendu dire qu'elle s'était mariée environ un an après la mort de son père, observa Enrico.

Tasha hocha la tête. Voilà qui expliquerait pourquoi ils ne l'avaient pas trouvée dans l'annuaire. Elle devait avoir pris le nom de son mari.

— Savez-vous qui est son mari ? demanda Tasha.

— Je crois qu'il travaillait dans les pompes funèbres. Ça donne la chair de poule, non ? Tous ces morts, ce malheur. Quelqu'un m'a déjà dit son nom, mais je ne l'ai jamais rencontré. J'oublie rarement le nom de quelqu'un que je rencontre. Mais quelqu'un que je n'ai jamais vu...

Il haussa les épaules.

— Ça ne t'aide pas beaucoup, Tasha, n'est-ce pas ? Mais j'imagine que si tu es venue me voir, c'est qu'il ne te restait pas d'autre choix. Monsieur Horseballer est mort. Artie Jacobs vit quelque part aux États-Unis. Et monsieur Durant n'a pas dû pouvoir t'aider non plus...

Tasha le regarda, perplexe.

— Monsieur Durant ? Vous voulez dire Denny Durant ?

— Naturellement, répondit Enrico. Lui as-tu parlé ?

Tasha n'était pas sûre de bien comprendre.

— Vous voulez dire que Denny Durant était au Café Montréal le soir de l'ouragan ?

C'était à présent au tour d'Enrico d'ouvrir des yeux ronds.

– Bien sûr. Il était là tous les soirs. Même s'il ne connaissait rien à la restauration. Tout son argent, il l'avait gagné au hockey. Mais il aimait s'asseoir à une des tables du fond, et jouer les types importants. Il disait qu'il protégeait son investissement.

– Son investissement ? répéta Tasha, complètement perdue.

– Il possédait la moitié de l'établissement. Tu ne le savais pas ?

Tasha secoua la tête. Denny Durant était copropriétaire du Café, et personne n'avait eu l'obligeance de le lui dire. Cela paraissait impossible.

– Vous en êtes sûr ? demanda-t-elle.

– Sûr et certain. Il se faisait une gloire de le répéter vingt fois par jour. Quand ta mère a vendu sa part, ton père a pris Denny Durant comme associé.

– Et vous avez vu Denny au Café Montréal ce soir-là ?

– Ouais.

– Merci, monsieur... Rico. Merci mille fois.

– Laisse-moi deviner, dit Mike une fois qu'ils furent dehors. Tu veux aller au restaurant Lenny et Denny, c'est ça ?

Tasha hocha la tête.

11

Le restaurant Lenny et Denny de la rue Eglington, le premier des trois établissements que son père avait ouverts, était aussi le plus grand, et les deux associés y avaient leur bureau. Mike et Tasha avaient de fortes chances d'y trouver Denny.

– J'ai dû passer devant un million de fois, dit Mike, mais je n'y avais jamais mis les pieds. Ils ont vraiment un faible pour le sport, pas vrai ?

Des photos de joueurs de hockey, des vêtements et d'autres souvenirs sportifs tapissaient les murs du bar, à droite de la porte d'entrée. Un écran géant de télévision était allumé dans un coin sur lequel on pouvait suivre une partie de soccer[1].

– Le bar, c'est le rayon de Denny dans leur association, expliqua Tasha. C'est un bar pour sportifs. Denny en est le patron. Le restaurant là-bas, ajouta-t-elle en indiquant du doigt la grande salle

[1]. Football.

de l'autre côté du bar, c'est pour la clientèle familiale. Papa aime à dire qu'on peut emmener femme et enfants; tout le monde peut trouver son bonheur sur le menu, et à prix raisonnable.

Elle pénétra dans le bar, s'approcha du comptoir et demanda au barman si M. Durant était là.

— Je vais voir, répondit-il en se dirigeant vers le bureau de Denny au fond de la pièce.

En attendant son retour, Mike en profita pour examiner quelques-unes des photos qui ornaient le mur.

— Hé! Ce sont vraiment des vieilles gloires! Quel palmarès!

Il avait l'air impressionné.

— Regarde, c'est Claude Dufresne. Et Rick Morrow. Ces gars ont été de grandes vedettes en leur temps.

— Denny aussi. C'est du moins ce qu'il dit, ajouta Tasha.

Elle regarda à peine les photos. Le sport professionnel ne l'avait jamais beaucoup intéressée, et encore moins le hockey. On avait l'impression que tous les matchs finissaient par un pugilat. Les joueurs étaient emmenés hors de la patinoire, le visage enflé ou l'arcade sourcilière ouverte, à la plus grande joie des spectateurs, semblait-il. Pas étonnant que les gars qui souriaient sur les photos aient une dent en moins ou le visage cousu de cicatrices. Elle se détourna avec dégoût, juste à temps pour voir arriver le barman.

— Il va falloir attendre une minute, leur dit ce dernier. Il a quelqu'un avec lui.

À ce moment précis, la porte du bureau s'ouvrit sur un homme à la mine patibulaire, qui s'arrêta sur le seuil et se retourna vers son interlocuteur à l'intérieur du bureau.

– Je ne rigole pas, Denny, gronda-t-il. Tu t'occupes de ça, sinon tu vas le regretter !

Il tourna les talons et sortit du bar d'un pas lourd.

– Je crois que vous pouvez y aller, leur dit le barman.

– Qui était-ce ? souffla Mike à voix basse tandis qu'ils se dirigeaient vers le bureau.

– Va savoir, répondit Tasha. Denny prend tellement les gens à rebrousse-poil. Ou c'est peut-être quelqu'un à qui il doit de l'argent. Mon père dit qu'il joue plus qu'il ne devrait.

La porte du bureau était restée ouverte. Denny, qui réarrangeait son nœud de cravate, accueillit Tasha avec un sourire éclatant et lui fit signe d'entrer.

– Comment vas-tu, petite ? fit-il en lui avançant une chaise tout en examinant Mike de la tête aux pieds. C'est pas trop dur ?

– Ça va, répondit-elle.

Elle présenta Mike et s'assit.

– Tu parles d'une tuile, commença Denny. Une sacrée tuile, si tu veux mon avis. Et elle a fini par tomber sur le vieux Len, hein ? Il était tellement mordu de ta mère. Je lui disais tout le temps : « Cool, mon vieux. Laisse-la un peu respirer. » Mais il pouvait pas. Je crois que ce qui a fait déborder le vase, c'est quand elle a décidé de reprendre ses études. Il ne l'a pas très bien digéré, si tu vois ce que je veux dire. Et tu sais comment il est, quand il pique une colère. Je veux dire, si tu as deux sous de bon sens, tu restes à distance, pas vrai ?

Il secoua la tête, comme hanté par quelque image fantasmagorique.

– Je suis vraiment désolé que les choses aient tourné comme ça, petite.

Tasha n'avait jamais aimé Denny Durant. Lui et son père avaient grandi ensemble. Tasha soupçonnait son père d'être aveugle aux défauts de Denny. Ce n'était pas son cas à elle. Elle voyait Denny tel qu'il était. Une grande gueule. Trop avide du prestige attaché au fait d'être propriétaire de la chaîne de restaurants Lenny et Denny. Et il n'était même pas compétent. D'après elle, il restait assis dans son bureau à rêvasser à d'improbables campagnes de promotion, pendant que son père abattait tout le travail. Et il s'obstinait à appeler Tasha « petite » ! Elle ne se souvenait pas qu'il l'ait un jour appelée par son vrai nom et se demandait même s'il le connaissait.

– On dirait que vous croyez mon père coupable, lança-t-elle d'un ton glacial.

Surpris, Denny cligna des yeux. Le rouge lui monta aux joues.

– Ce n'est pas ce que disent les flics ? Je veux dire... écoute, petite...

– Tasha, coupa-t-elle. Mon nom, c'est Tasha.

– Je le sais bien, répondit Denny en lui souriant. La petite Tasha-Patate. C'est comme ça qu'elle t'appelait, ta mère, non ?

Tasha refusa de lui rendre son sourire.

– Croyez-vous mon père innocent, oui ou non ?

– Écoute, Tasha. Je comprends que tu sois en colère. C'est toujours dur de découvrir des choses qu'on ne veut pas savoir sur les gens qu'on aime. Mais comme je l'ai dit aux flics...

– Vous avez parlé aux policiers ? interrompit Tasha en se levant d'un bond.

– Pour ainsi dire, oui. Je leur ai parlé. Ils m'ont parlé. Ils sont venus ici et m'ont posé un tas de questions, tu sais, parce que ton père et moi, on était associés.

– Et que leur avez-vous dit ?

– Il n'y avait pas grand-chose que je *pouvais* dire, répondit Denny qui changea de position en faisant craquer le cuir de son fauteuil. Juste que tes parents avaient leurs problèmes. Mais quel couple marié n'a pas les siens ? C'est pour ça que je ne me suis jamais passé la corde au cou, tu vois ce que je veux dire ?

Tasha resta de marbre.

– En tout cas, reprit Denny, quelle importance si ton père piquait une crise de temps en temps ? Ça ne prouve rien, n'est-ce pas ?

Il se mit à rire nerveusement.

– C'est vrai, il pouvait piquer de sacrées colères. Il hurlait des menaces à ta mère qu'on pouvait entendre à l'autre bout de la ville. Mais c'est pas ça qui rend un gars coupable pour autant, pas vrai ?

Tasha regardait fixement Denny Durant, dont les petits yeux noirs évitaient systématiquement les siens. S'il avait raconté à la police ce qu'il venait de lui dire – et il l'avait fait, il venait de l'admettre –, alors il avait pratiquement annoncé à tout le monde que c'était son père qui avait commis le meurtre.

Elle n'avait jamais aimé Denny Durant, mais à présent, elle le haïssait. À cette minute, elle comprit comment la rage pouvait amener des gens à des actes insensés, des actes qu'ils risquaient de regretter. Elle serra les poings et dut se retenir pour ne pas se mettre à l'injurier.

– Étiez-vous au Café Montréal le soir où ma mère a disparu ? demanda-t-elle d'une voix tremblante.

– Ouais. J'y ai passé un moment. Comme je l'ai dit aux flics, j'y suis resté jusqu'à neuf heures et demie. À cause de la tempête, et parce que c'était plutôt tranquille, je suis parti.

Il parlait à présent sur un ton de défi qui tapait sur les nerfs de Tasha. Le ton d'un homme qui a fait son devoir de citoyen, plutôt que de planter un couteau dans le dos de sa conjointe.

– Avez-vous vu ma mère, ce soir-là ?

Denny Durant la regarda droit dans les yeux.

– Non. Je ne l'ai pas vue.

– Qui était au Café quand vous êtes parti ?

Les yeux de Denny jetèrent des éclairs.

– Écoute, petite, je veux bien que tu sois fâchée. Mais tu n'es pas un flic, à ce que je sache ! Je n'ai pas l'intention de me laisser cuisiner, et en plus sur ce ton ! Je pense avoir eu ma dose de questions. Entre les flics et les journalistes, mon téléphone n'a pas arrêté de sonner. Sans compter qu'il faut que j'assure ici pendant que ton père n'est pas là. Et toi qui rappliques, par-dessus le marché !

Tasha tint bon, même si elle avait les jambes qui flageolaient. Surtout ne pas perdre son sang-froid : elle ne réussirait plus à tirer de lui le moindre renseignement.

– Je... je suis désolée, articula-t-elle avec effort. Je sais bien que vous ne feriez pas de tort à mon père. Quoi que vous ayez dit à la police, je suis sûre que c'est ce que vous avez vu et ce que vous savez. Mais il faut me comprendre, je ne crois pas une seconde que mon père ait fait ça.

– Nous ne croyons pas qu'il l'ait fait, reprit Mike.

Tasha le regarda et put lire dans ses yeux qu'il partageait son aversion pour Denny Durant.

– Je veux découvrir ce qui s'est passé. Nous avons parlé à Enrico Zapata...

– Rico ? coupa Denny, surpris. Il est dans les parages ?

Tasha hocha la tête.

– Il dit que vous étiez encore au Café quand il est parti. Et qu'il y avait Artie Jacobs aussi.

– Il paraît qu'Artie vit quelque part aux États-Unis. Ou vivait. Peut-être qu'il a cassé sa pipe, à l'heure qu'il est ?

Tasha passa outre la cruauté de cette remarque.

– Et Evart Horstbueller...

– Celui-là, il l'a cassée pour de bon, sa pipe. Pauvre bougre.

– Avez-vous une idée de qui était au Café ce soir-là, ou de qui était là quand vous êtes parti ?

Le cuir du fauteuil se remit à craquer. Denny se radossa et fixa les yeux au plafond quelques secondes.

– Je ne vois vraiment pas, petite... euh, Tasha. Comme je te l'ai dit, je suis parti de bonne heure. J'ai dit à Evart de fermer boutique, mais il était têtu, celui-là. Jamais il n'aurait fermé avant l'heure, même si la Troisième Guerre mondiale venait d'éclater.

Il haussa les épaules.

– T'as jamais pensé que tu frappais à la mauvaise porte, petite ?

– Que voulez-vous dire ?

– Si je te suis bien, à voir le genre de questions que tu poses, tu penses que si ta mère est allée au Café ce soir-là, quelqu'un doit l'avoir vue ? C'est ça ?

Tasha hocha la tête.

– Eh bien, ce n'est pas forcément ce qui s'est passé. Elle avait les clefs du Café, tu sais. Elle aurait pu y aller à n'importe quelle heure du jour et de la nuit. Elle aurait pu entrer dans le Café à trois heures du matin, pour ce qu'on en sait.

Tasha en eut le souffle coupé. Elle eut soudain la nausée.

Il avait raison. Elle avait suivi une piste, une seule, sans imaginer qu'il pût en exister une autre et que sa démarche était peut-être vouée à l'échec dès le début.

– Désolé, petite, dit Denny. C'est pas vraiment ce que tu aurais voulu entendre, hein ?

Tasha tourna les talons et se dirigea d'un pas mal assuré jusqu'à la porte. Puis elle sentit le contact d'une main sur son bras.

Mike.

– Une dernière chose, monsieur Durant, fit celui-ci. Monsieur Horstbueller avait une fille. Sauriez-vous par hasard où la trouver, ou bien connaissez-vous son nom au cas où elle serait mariée ?

Denny fronça les sourcils.

– Pourquoi la cherchez-vous ? Elle n'était pas là, ce soir-là.

– Elle passait prendre son père tous les soirs, répondit Mike. Si jamais il s'était passé quelque chose d'inhabituel au Café, peut-être qu'il lui en aurait parlé.

Denny haussa les épaules.

– Pas bête, petit. Mais j'ai jamais rencontré cette fille. Et on m'a pas invité au mariage, ça c'est sûr. Je regrette.

– Ouais, murmura Mike, comme s'il doutait fort que le regret soit un sentiment très répandu dans l'entourage de Denny Durant.

Tasha et Mike quittèrent le bureau de Denny et allèrent s'installer à une table pour faire le point. Tandis que Mike buvait un Coca, Tasha essayait de décider quoi faire à présent. Que *pouvait*-elle faire ? Enrico Zapata ne pouvait pas l'aider. Denny non plus. Et Evart Horstbueller était mort. Elle tournait encore et encore sa paille dans son verre. Si seulement ses parents s'étaient mieux entendus ! Rien de tout cela ne serait arrivé.

– Peut-être qu'il existe un moyen de retrouver la fille, dit finalement Mike.

– Peut-être, répéta Tasha, sans grande conviction.

Et si Denny avait raison? Et si sa mère était entrée dans le café une fois tout le monde parti? Et si...

– Mike, je ne sais pas si c'est sur notre chemin, mais que dirais-tu d'aller faire un tour jusqu'au Café?

Mike acquiesça et fit signe au serveur pour qu'il apporte l'addition.

– Vous n'avez rien à payer. C'est gratuit, fit ce dernier.

– Gratuit?

– Aux frais de la maison.

Le barman indiqua du menton le fond du bar. Denny, installé à une table, leur fit un signe de la main.

Sans répondre à son salut, Tasha se leva et sortit.

C'est long cinq ans, pensait Tasha pendant le court trajet jusqu'à l'emplacement du Café. Le quartier n'avait plus rien à voir avec ce qu'il était dans son souvenir. Bien des maisons semblaient décrépites et auraient eu besoin d'une bonne couche de peinture et de fenêtres neuves.

Quelques-unes, mieux loties, abritaient des gens qui se donnaient la peine de tondre leur minuscule pelouse, mais la plupart n'avaient pour tout parterre que des touffes de mauvaises herbes qui envahissaient les cours et l'asphalte craquelé des trottoirs.

Les devantures des magasins faisaient elles aussi triste mine. Tasha se souvenait d'épiceries et de boulangeries, et de plusieurs petits restaurants qui attiraient assez de clients pour survivre et animer les trottoirs de joyeuses allées et venues durant les soirées de printemps et d'été. À présent, on comptait autant de magasins à l'abandon que de commerces prospères, et prospères était peut-être un bien grand mot. Les seuls établissements qui semblaient faire des affaires étaient les bazars à deux dollars, comme Dollarama ou Le Coin des soldes.

La grande vitrine de la quincaillerie était fendue sur toute la diagonale, et l'on avait essayé, sans conviction, de colmater la brèche avec du ruban adhésif. Aucun client n'apparaissait derrière la terne devanture d'une petite cordonnerie.

Quant au Café Montréal, il n'en restait qu'un grand trou clôturé d'une palissade de planches dont l'entrée était barrée par du ruban de plastique jaune posé par la police. Encore une fois, l'image du corps de sa mère enseveli sous ces décombres frappa Tasha de plein fouet.

Elle ravala tant bien que mal ses larmes.

– Ça ne sert à rien de traîner ici, dit-elle d'une voix tremblante. Allons-nous-en.

Elle regrettait d'être venue. Une minute de plus, et cette image horrible, ce vide terrible, allait chasser à jamais tous les agréables souvenirs qu'elle avait nourris pendant si longtemps.

Mais Mike n'avait pas mis son clignotant qu'elle poussa un cri.

– Non, attends !

Il écrasa la pédale de frein. Les pneus crissèrent sur l'asphalte. Tasha se retourna juste à temps pour apercevoir une Thunderbird noire piler net, à quelques centimètres du pare-chocs arrière de leur voiture. Le conducteur semblait furieux.

– Il va venir me casser la figure, gémit Mike.

Mais le conducteur de la Thunderbird s'empressa de manœuvrer et les dépassa en accélérant.

Mike poussa un soupir de soulagement.

– Ça va ? demanda-t-il à Tasha.

Celle-ci sautait déjà de la voiture.

– La dame là-bas, cria-t-elle par-dessus son épaule. Il faut que je la rattrape !

12

Tasha traversa la rue comme une flèche, zigzaguant entre les voitures dans un concert furieux de klaxons. Elle s'en moquait. Une seule chose comptait : rattraper la vieille dame trottinant sur le trottoir d'en face. Et surtout ne pas la perdre de vue.

– Madame Mercer! cria-t-elle. Madame Mercer!

La vieille femme ne se retourna pas. Ce n'est pas elle, pensa Tasha. Ce sont mes yeux, ou ma mémoire, qui me jouent des tours. Mais elle poursuivit sa course et finit par la rattraper.

– Madame Mercer? appela-t-elle en lui touchant l'épaule.

La vieille dame sursauta. Elle se retourna, la main serrée sur la poitrine, les yeux agrandis de terreur.

– Madame Mercer, je suis Natasha Scanlan. Vous vous souvenez de moi? Mes parents tenaient le Café Montréal.

Elle désigna d'un signe de tête le trou béant de l'autre côté de la rue.

– Vous vous rappelez, madame Mercer ? Vous veniez tous les jeudis après-midi prendre un thé avec des scones. C'est moi qui vous les apportais, avec un petit pot des confitures de fraises que faisait ma mère.

La vieille femme cligna des yeux. Lentement, le voile d'appréhension s'effaça de son visage, pour faire place à la simple perplexité. Elle scruta le visage de Tasha et secoua la tête.

– J'étais petite, à l'époque, s'empressa d'ajouter Tasha. Une gamine.

La vieille dame, sans un mot, l'examinait d'un œil vif et perçant. Puis, très lentement, elle hocha la tête.

– La petite Tasha Scanlan, dit-elle.
Tasha sourit.
– C'est ça, c'est moi.

Au même instant, Mike surgit sur le trottoir devant elles et fit sursauter Mme Mercer, qui à nouveau porta la main à son cœur.

– N'ayez pas peur, dit Tasha. C'est mon ami, Michael.

Elle se tourna vers Mike pour le mettre au courant.

– Madame Mercer habitait en face du Café. Elle avait l'habitude de venir y prendre le thé une fois par semaine.

– Ça n'a pas changé, ajouta Mme Mercer.

Tasha se demanda comment rappeler avec tact à la vieille dame que le Café avait été rasé, quand elle comprit que Mme Mercer ne parlait pas des scones ni de la confiture de fraises.

– Vous voulez dire que vous habitez toujours le même logement ? Au-dessus du magasin de chaussures ?

Mme Mercer acquiesça d'un signe de tête.

– Sauf que ce n'est plus un magasin de chaussures. C'est un bazar.

– Madame Mercer, je me demandais si…

– Pourquoi ne viendriez-vous pas prendre le thé chez moi ? l'interrompit la vieille dame. Je faisais des courses, mais je commence à avoir mal aux pieds. Avant, je pouvais marcher en forêt toute la journée sans problème. Venez donc avec moi.

Tasha échangea un regard avec Mike, qui haussa les épaules.

– On a une heure à l'horodateur.

– Avec plaisir, dit Tasha à la vieille dame.

Elle aurait ainsi l'occasion de demander à Mme Mercer si elle se souvenait de la nuit de l'ouragan, et si elle connaissait des gens qui habitaient dans le coin à l'époque.

Même si Mme Mercer était une habituée du Café et qu'elle logeait juste en face, Tasha n'avait jamais mis les pieds dans son logement.

Elle et Mike la suivirent dans un escalier mal éclairé, puis dans un couloir tout aussi sombre sur lequel donnaient les portes de quatre logements. Tasha retenait son souffle. L'aspect sinistre des lieux ne présageait rien de bon, et Tasha eut peur que l'appartement de Mme Mercer s'avère tout aussi déprimant.

Ses craintes furent encore renforcées lorsque la porte en face de l'escalier s'entrouvrit soudain.

Une tête grisonnante apparut dans l'entrebâillement, deux yeux examinèrent Mike et Tasha de la tête aux pieds, puis disparurent. La porte se referma dans un cliquetis de serrures.

– Cette femme me rend folle, dit Mme Mercer. Elle fourre son nez partout. Un de ces jours, elle va se faire arrêter…

– Parce qu'elle est trop curieuse ? demanda Mike.

– Parce qu'elle n'arrête pas d'embêter la police, répliqua Mme Mercer. Pour leur signaler des allées et venues suspectes. Monsieur Turner, au bout du couloir, n'est pas rentré chez lui deux jours de suite. Eh bien, elle est allée signaler sa disparition au poste de police !

– Et il n'avait pas disparu ?

Mme Mercer secoua la tête.

– Il avait rencontré une femme et passé la fin de la semaine chez elle. Il était furieux en rentrant de trouver la police qui l'attendait devant sa porte pour l'interroger sur ses fréquentations.

Le logement de Mme Mercer ne ressemblait en rien à ce que Tasha avait imaginé. Elle et Mike n'y avaient pas plutôt mis les pieds qu'ils furent baignés par la lumière qui entrait à flots par l'immense baie vitrée du salon. Les murs de l'appartement étaient peints en jaune lumineux et coquille d'œuf, et décorés de peintures et de photographies brillamment colorées, dont la plupart représentaient des oiseaux.

Des oiseaux exotiques – perroquets, cacatoès, flamants roses – et d'autres, des oiseaux d'Amérique du Nord, au plumage moins flamboyant mais tout aussi beau.

Tasha identifia des bernaches du Canada en vol, des geais bleus, des cardinaux, des harfangs des neiges, des lagopèdes. Et il y en avait tout autant qu'elle était incapable de nommer.

– Vous avez là toute une collection, commenta Mike bouche bée.

Toiles, photos et croquis étaient tous joliment encadrés. Sa réaction sembla ravir Mme Mercer.

– J'ai toujours adoré les oiseaux, expliqua-t-elle. Les peintures, je les ai achetées. Je ne pourrais pas dessiner une ligne droite, même si ma vie en dépendait. Mais les photos sont de moi. Je suis... pour ainsi dire... photographe amateur.

Tasha regarda à nouveau les photos. Il y en avait en couleurs, d'autres en noir et blanc, souvent plus saisissantes.

– Faites le tour pendant que je prépare le thé, les invita Mme Mercer. J'en ai pour une minute.

Elle disparut dans la cuisine.

Mike et Tasha se mirent à examiner les photos de plus près. Sous chacune d'entre elles était attachée une petite plaque métallique sur laquelle figuraient le nom de l'oiseau et la date à laquelle avait été prise la photographie.

– Elle a dû parcourir toute l'Amérique du Nord pour les prendre, commenta Tasha. Regarde ces lagopèdes des rochers. Ils vivent dans l'Arctique.

Elle s'arrêta devant la baie vitrée et plongea son regard dans la rue. Elle avait une vue d'ensemble du trou béant qui avait été l'emplacement du Café. Devant la fenêtre trônait un gros fauteuil confortable flanqué d'une table couverte de livres et d'une lampe. Sur l'une des piles de livres était posée une paire de lunettes en demi-lune – des lunettes de lecture, pensa Tasha. Elle imagina Mme Mercer installée là, un livre sur les genoux, jetant de temps à autre un coup d'œil sur la rue en contrebas. Il était possible, fort possible, qu'elle ait pu voir quelque chose la nuit où sa mère avait disparu.

– Hé ! Viens voir ça ! s'exclama Mike.

Tasha traversa la pièce pour aller admirer la photo d'un couple de cardinaux, le mâle dans sa livrée écarlate et la femelle d'un brun rougeâtre, dans un décor de ruelle. Tasha distinguait des poubelles et des sacs plastique en arrière-plan.

– Tant de beauté dans un décor aussi laid, s'exclama Mike. Quel contraste extraordinaire !

– Jamais je n'aurais pu imaginer…, murmura Tasha.

La plupart des photos valaient celles qu'elle avait pu voir dans le *National Geographic*.

– Pour moi, c'était juste une vieille dame qui s'habillait bizarrement et adorait le thé et les scones. Elle portait une longue jupe de tweed, un blouson de sport et une paire de chaussures montantes qui ressemblaient à des bottes de chantier. Elle avait toujours un sac à dos sur l'épaule. J'imagine qu'elle arrivait d'une de ses excursions et qu'elle s'arrêtait prendre un thé avant de rentrer chez elle.

Tasha secoua la tête, pleine d'admiration.

– C'est drôle comme on peut se faire une fausse idée des gens, ajouta-t-elle. Moi qui pensais qu'elle était un peu fêlée. Alors que c'est une grande artiste.

– C'est prêt! annonça Mme Mercer.

Tasha se retourna brusquement, le rouge aux joues, espérant que la vieille dame ne l'ait pas entendue. Celle-ci arrivait chargée d'un plateau sur lequel elle avait disposé la théière, des tasses, du sucre, du lait et un gâteau.

– Asseyez-vous, je vous sers.

Tasha accepta une tasse et une tranche de gâteau, qu'elle dévora. Elle avait oublié à quel point elle avait faim. Alors que Mme Mercer la resservait, elle aborda le sujet de sa mère.

– Oh oui, fit Mme Mercer, dont la voix se brisa. J'en ai entendu parler. Quelle terrible histoire!

– Je suis contente de vous avoir rencontrée, madame. Je voulais vous poser quelques questions.

– Des questions? demanda Mme Mercer, dont la tasse et la soucoupe s'entrechoquèrent. Quel genre de questions?

Tasha raconta brièvement les événements entourant l'arrestation de son père, et expliqua qu'elle et Mike avaient décidé de tout faire pour découvrir ce qui s'était réellement passé cette nuit-là.

– Mon Dieu, dit Mme Mercer, en reposant sa tasse d'une main mal assurée. Oh, mon Dieu!

– Nous essayons de retrouver des gens qui auraient pu voir quelque chose ce soir-là au Café. Nous avons cherché la trace de monsieur Horstbueller – vous vous rappelez, c'était le gérant du Café. Mais il est mort dans un accident il y a quelques années. Et aujourd'hui, on tombe sur vous. Vous devez vous souvenir de cette nuit-là. La nuit de la grosse tempête. Il y a eu des arbres arrachés dans toute la ville. Je me demandais si vous n'étiez pas à votre fenêtre ce soir-là. Vous n'auriez pas vu par hasard ma mère arriver au Café ?

– Oh ! s'exclama Mme Mercer comme si on l'avait piquée. Mon Dieu, non !

Tasha et Mike échangèrent un regard. De toute évidence, la question avait troublé la vieille dame.

– Le quartier avait tellement changé, reprit Mme Mercer. C'était plein de gens louches qui traînaient.

Elle frissonna à cette pensée.

– Mais vous n'avez rien vu ? Pas la moindre chose ? demanda Tasha avec impatience.

Trop d'impatience, sans doute. La vieille femme sembla se crisper davantage.

– Jusqu'ici, enchaîna Mike sur un ton plus détendu, plus apaisant que celui de Tasha, les policiers cherchent surtout à prouver que le père de Tasha est coupable. Ils ne s'intéressent pas à d'autres suspects, apparemment. Nous avons pensé que si nous pouvions dénicher un nouvel élément – n'importe quel autre indice – ils pourraient changer d'opinion. Alors, si vous avez vu madame Scanlan arriver au Café ce soir-là, et si elle était avec quelqu'un d'autre que monsieur Scanlan, ou encore si vous avez reconnu quelqu'un qui entrait ou sortait du Café, ça nous aiderait beaucoup. Vous comprenez, madame Mercer ?

– Oui, je comprends, répondit celle-ci doucement. Mais j'ai peur de ne pas pouvoir vous aider.

– Vous n'étiez pas chez vous ce soir-là ?

– Oh, si, j'y étais. Il fallait être fou pour sortir un soir pareil.

Elle lui jeta un regard, comme pour s'excuser.

– Je veux dire, pour quelqu'un de mon âge. Non, je suis restée ici, dans mon fauteuil, à lire.

– Ce fauteuil-là ? demanda Tasha en désignant d'un geste le grand fauteuil confortable campé devant la fenêtre.

– Je pense que... oui. Oui, ce devait être celui-là. Mais je n'ai rien vu, j'en ai peur, ajouta-t-elle avec un rire forcé. Ma vue n'est plus ce qu'elle était. Même si j'avais regardé par cette fenêtre, et je vous l'assure, je ne l'ai pas fait, je n'aurais pas pu distinguer grand-chose. On vieillit, vous savez. Mes yeux ne sont plus aussi bons qu'avant. Je suis navrée, mon enfant.

– Ça ne fait rien, répondit Tasha.

Encore une déception. Ne pouvait-elle pas avoir un peu de chance, rien qu'une fois ? Tasha aurait tout donné pour apprendre le moindre détail susceptible de rendre à son père sa liberté. Mais apparemment, ce n'était pas encore pour aujourd'hui.

– Connaissez-vous quelqu'un dans le voisinage qui pourrait nous aider, madame Mercer ? demanda Mike. Quelqu'un qui vivait dans le coin il y a cinq ans et qui aurait pu voir quelque chose ?

Mme Mercer réfléchit un peu avant de secouer la tête.

– Non, je ne vois pas. Je regrette.

Tasha et Mike remercièrent leur hôtesse. Tasha dut se forcer pour se montrer aimable au moment de dire au revoir. Comme elle et Mike allaient s'engager dans l'escalier, la porte d'en face s'ouvrit, et le même vieux visage ridé apparut dans l'entrebâillement. La porte se referma aussi vite qu'elle s'était ouverte. Tasha dévala l'escalier pour se retrouver en plein soleil. Apparemment, il n'y avait rien qu'elle puisse faire pour aider son père.

– Désolé, Tash, lui dit Mike en la raccompagnant à sa porte. Je sais bien que tu espérais dénicher quelque chose. On aura peut-être plus de chance demain ?

– Bien sûr, répondit Tasha, même si elle n'en croyait pas un mot.

Qu'est-ce qu'ils pourraient bien dénicher ? Elle ne savait même pas par où commencer les recherches. Et elle était complètement à court d'idées. Mais Mike essayait tant bien que mal de faire preuve d'optimisme, et elle ne voulait pas le décourager davantage.

– OK. Je t'appelle demain.

Tante Cynthia, assise dans le salon, se leva d'un bond quand Tasha ouvrit la porte.

– Où étais-tu passée ? demanda-t-elle. Tu es partie toute la journée. Tu n'as même pas donné un coup de fil. Je n'avais aucune idée de l'endroit où tu pouvais être.

Tasha fut prise de court. Tante Cynthia semblait plus inquiète que fâchée, comme l'aurait été son père si elle était sortie sans lui dire où elle allait. Sa tante avait beau ne pas avoir une très haute opinion de Leonard Scanlan, et ne pas s'entendre toujours très bien avec sa sœur Catherine, elle semblait en tout cas prendre ses responsabilités vis-à-vis de Tasha très au sérieux.

– Excuse-moi, répondit Tasha. J'aurais dû téléphoner. Je ne le ferai plus.

– Mais où es-tu allée ? répéta tante Cynthia d'une voix plus douce.

– Je me suis promenée.
– Pour essayer d'aider ton père, je suppose ?
Tasha se raidit.
– C'est ça, répondit-elle, en se préparant à un affrontement.

Tante Cynthia poussa un soupir et se rassit dans le canapé. Elle secoua lentement la tête.

– Nous ne sommes pas parties du bon pied hier, toutes les deux, n'est-ce pas ? Et comme tu as été absente toute la journée, on n'a pas pu se parler. Assieds-toi, Tasha.

Tasha resta debout.

– S'il te plaît, implora tante Cynthia. Que tu le veuilles ou non, nous allons devoir vivre sous le même toit pendant un certain temps. Il n'y a personne d'autre pour s'occuper de toi. Alors, assieds-toi, s'il te plaît. J'ai quelque chose à te dire.

À contrecœur, Tasha alla s'installer à l'autre extrémité du canapé. Elle ne se sentait pas d'humeur à subir une autre tirade contre ses parents.

– Je n'ai jamais eu d'enfants, commença tante Cynthia. Je ne me suis jamais mariée. Les gens qui me connaissent disent que c'est parce que j'ouvre la bouche avant de réfléchir.

Elle se mit à rire, mais s'arrêta net en voyant Tasha rester de marbre.

– Ce que j'essaie de te dire, c'est que je suis désolée. Je n'avais aucun droit de te dire ce que je t'ai dit hier soir. J'ai vraiment manqué de tact à te raconter ce que *moi* je ressens, à te ressortir *mes* vieilles rancunes. J'aurais dû faire plus attention à ce que toi, tu vis en ce moment. Je sais que c'est ton père,

Tasha. Peut-être que nous n'avons pas toujours été d'accord lui et moi, et peut-être qu'il n'a pas toujours été d'accord avec ta mère, mais au fond, si j'étais à ta place, j'agirais exactement de la même manière que toi.

Tasha fixa sa tante un instant avant de répondre. Cela voulait-il dire qu'elle croyait son père innocent ? Ce n'est pas ce qu'elle avait dit. Elle pensait probablement la même chose que la veille – à savoir que tout au moins les policiers avaient eu raison de l'arrêter et d'en faire leur suspect numéro un. Mais Tasha se moquait de l'opinion de sa tante. Rien ne pourrait la faire, elle, changer d'avis. En attendant, sa tante avait raison. Elle avait la responsabilité de s'occuper d'elle jusqu'au retour de son père à la maison. Et si jamais il ne revenait pas avant des années... Tasha chassa cette idée de son esprit. Il fallait voir les choses avec optimisme. Le désespoir ne mènerait à rien.

– C'est très important pour moi que tu acceptes mes excuses, reprit tante Cynthia. On pourrait recommencer à zéro. Qu'en penses-tu ?

Elle tendit la main. Il fallut un moment à Tasha pour comprendre l'invitation.

– D'accord, fit-elle en tapant dans la paume offerte.

Tante Cynthia lui sourit.

– Et si on dînait ?

Tasha n'avait pas faim, mais elle savait que sa tante voulait la voir manger. Une odeur de cuisine flottait dans la maison.

– Ça sent bon, dit-elle.

Au moins, c'était la vérité.

Tante Cynthia sourit.

– Parfait. Il y a un échantillon de ma célèbre soupe aux légumes et à la saucisse italienne qui mijote sur le feu. Et j'ai du pain frais et du fromage !

※

Étendue sur son lit, tout habillée, Tasha contemplait le plafond obscur. Rarement avait-elle mangé une soupe aussi succulente. Ça valait la cuisine de son père, et en plus intéressant, en plus audacieux. Poivrons jaunes et rouges et morceaux de saucisse épicée baignaient dans un bouillon parfumé d'épices dont Cynthia ignorait le nom.

– J'appelle ça ma soupe à la saucisse italienne à la mode indonésienne, avait expliqué une tante Cynthia rayonnante de fierté devant les compliments de Tasha. Elle est célèbre jusqu'à Djakarta !

Aussitôt la vaisselle terminée, Tasha avait souhaité une bonne nuit à sa tante en prétextant qu'elle était très fatiguée.

– Pas de problème, avait répondu tante Cynthia, décidément plus gaie depuis qu'elle pensait avoir détendu l'atmosphère.

Tasha, allongée sur son lit depuis des heures, se demandait comment allait son père et si elle pourrait lui rendre visite. Elle décida de s'en occuper à la première heure le lendemain. Elle se demandait aussi que faire d'autre pour l'aider. À qui pourrait-elle parler ? Qui aurait pu se trouver à l'intérieur ou aux alentours du Café cette nuit-là ?

Mme Mercer avait dit que tous ceux qui habitaient dans le quartier cinq ans auparavant étaient partis. Mais elle pouvait se tromper.

En faisant du porte-à-porte, Mike et elle pourraient peut-être rencontrer quelqu'un qui avait été témoin de quelque chose susceptible d'aider la cause de son père. Il fallait qu'elle le fasse sortir de prison. Il le fallait.

Ce sentiment de frustration lui nouait l'estomac. Son père était innocent. Il fallait qu'il le soit, parce que sinon...

Elle serra les paupières, comme pour chasser le doute de son esprit. Parce que s'il n'était pas innocent, cela signifiait qu'elle avait vécu aux côtés d'un meurtrier pendant cinq ans. Cela signifiait que les lettres qu'il lui avait fait lire en prétendant qu'elles étaient de sa mère, n'étaient que des faux, et que la sympathie qu'il lui avait manifestée quand elle avait du chagrin ou que l'absence de sa mère l'accablait, n'était que mensonge aussi.

S'il avait vraiment fait ce qu'on lui reprochait, chacun des mots qui étaient sortis de sa bouche pour la consoler avait été calculé, et il avait su au plus profond de lui-même, chaque fois qu'il les prononçait, que la mère qui manquait si cruellement à Tasha dormait de son dernier et terrible sommeil depuis très longtemps.

C'était impossible.

Tout simplement impossible.

Si seulement Mme Mercer avait pu parler.

Si seulement. Son père avait dit un jour que c'étaient les deux mots les plus tristes qui existent.

Tasha se redressa d'un bond. Mais bien sûr! Elle aurait dû s'en apercevoir avant. Faire le rapprochement dans l'appartement de Mme Mercer. Celle-ci avait semblé profondément troublée par les questions de Tasha. Et Tasha avait pensé que c'était le sujet qui avait rendu la vieille dame si nerveuse. Mais elle savait à présent que c'était tout autre chose.

Elle s'assit sur le bord de son lit et tendit la main vers le téléphone posé sur sa table de nuit. Elle composa rapidement le numéro de Mike et retint son souffle. Il était plus de onze heures. M. et Mme Bhupal risquaient de ne pas apprécier.

– Je vous en prie, implora-t-elle dans la pénombre. Faites que ce soit Mike qui réponde.

– Allô?

– Mike?

– Tasha! Qu'est-ce qui se passe?

– Elle mentait.

– Quoi?

– Madame Mercer. Elle mentait. Tu te souviens des photos dans son appartement?

– Oui, bien sûr, mais...

– Les photos qu'elle a prises. Il y avait des dates dessus. As-tu remarqué?

– Oui, mais...

– Il y en a qui dataient de presque cinq ans. Et elle en a même pris d'autres plus tard, il y a deux ou trois ans.

– Tash, j'ai du mal à te suivre.

– Madame Mercer a dit qu'elle était assise dans son fauteuil ce soir-là, le fauteuil qui est juste devant la grande fenêtre qui donne sur le Café.

Elle a raconté qu'elle était là, mais qu'elle n'a rien remarqué à cause de sa vue qui avait tant baissé. Tu te souviens ?

– Oui...

– Si sa vue était si faible il y a cinq ans, comment a-t-elle fait pour prendre des photos aussi spectaculaires ? Et elle faisait encore de la photo deux ans plus tard.

– Peut-être qu'elle portait des lunettes.

– Elle en porte, Mike. Je les ai même vues, sur une pile de bouquins. Tu sais, sur la table à côté du fauteuil. Mais c'étaient des lunettes de lecture. Quand les gens portent des lunettes en demi-lune comme ça, c'est qu'ils n'en ont besoin que pour lire. Je parie que madame Mercer voit parfaitement de loin.

Il y eut un long silence. Quand Mike reprit enfin la parole, il semblait aussi excité qu'elle.

– Ce qui veut dire...

– Ce qui veut dire qu'elle voyait tout aussi bien il y a cinq ans. Et qu'elle nous a menti en disant être incapable de distinguer ce qui se passait de l'autre côté de la rue. Et as-tu remarqué comme elle est devenue agitée quand on s'est mis à parler de cette nuit-là ? Peut-être qu'elle a vu quelque chose qui lui a fait très peur. Quelque chose qu'elle a voulu nous cacher cinq ans plus tard.

Tasha entendait la respiration tranquille de Mike en train de réfléchir à l'autre bout du fil.

– Bien, dit-il enfin. Et qu'est-ce que tu comptes faire ?

– Retourner la voir demain. Et la mettre en face de ses mensonges.

– Je passe te prendre à dix heures.

Tasha sourit. Il avait dit ça comme ça, tout bonnement, comme si elle avait raison et que bien sûr, ils devaient retourner voir Mme Mercer, peu importe la réaction qu'aurait la vieille dame en les voyant réapparaître à sa porte, comme si c'était la seule chose à faire. Elle essaya de s'imaginer entreprenant cette démarche toute seule, sans l'aide de quelqu'un qui lui faisait confiance.

– Mike ?

– Oui ?

– J'apprécie vraiment, tu sais.

– Quoi ? Le fait de t'accompagner demain ?

– Non. Je veux dire, tout ce que tu fais. Par rapport à mon père, par rapport à moi. Tout.

– Ce n'est rien, répondit Mike. C'est à ça que servent les amis, non ?

Tasha attendait sur le trottoir quand Mike se gara devant la maison le lendemain matin. Tandis qu'elle bouclait sa ceinture, il lui tendit un petit sac de papier brun.

– Qu'est-ce que c'est ?

– Un des muffins au citron et aux graines de pavot de ma mère. Elle s'est mis dans la tête que tu ne mangeais pas assez. Je lui ai promis de te surveiller avec un gros bâton jusqu'à ce que tu aies avalé ça.

Tasha ouvrit le sac et en huma le contenu.

– Laisse tomber le bâton, fit-elle en dévorant le muffin tandis qu'ils traversaient la ville.

Le grand moment était peut-être arrivé pour son père. Dans une heure, elle serait peut-être sur le chemin du poste de police avec en mains l'élément de preuve susceptible de le faire libérer.

Tasha et Mike s'engagèrent dans l'entrée attenante au bazar. Tasha, brûlant d'impatience, grimpa l'escalier quatre à quatre. Quand Mike la rejoignit, elle était déjà en train de frapper vigoureusement à la porte de Mme Mercer. Pas de réponse.

– Elle est peut-être allée à l'église, dit Mike. C'est dimanche aujourd'hui.

Tasha s'effondra contre la porte. Elle n'avait pas prévu ça. Au même moment, une tête apparut dans l'entrebâillement de la porte d'en face. La même tête que la veille.

– Excusez-moi, dit Tasha. Sauriez-vous où on peut trouver madame Mercer ?

La femme, paniquée, commença à battre en retraite.

– Attendez ! cria Tasha. Nous sommes des amis de madame Mercer. Nous sommes venus hier, vous vous souvenez ?

La porte s'ouvrit sur une frêle silhouette perdue dans un survêtement violet trop grand, et qui paraissait encore plus âgée que Mme Mercer.

– Je m'en souviens, fit-elle d'une voix fluette.

– Et sauriez-vous par hasard où se trouve madame Mercer ? demanda Tasha. Il faut absolument que nous lui parlions.

– Ce sera difficile, répondit la vieille dame. Elle est à l'hôpital.
– Quoi ?
– Ils croient que c'est un accident, même si je leur ai dit le contraire. Je leur ai certifié que ça n'avait rien d'accidentel. Qu'il avait essayé de la tuer.
– Qui ça, il ? Qui a essayé de la tuer ?
– Le type qui l'a poussée dans les escaliers, voyons, répondit la vieille dame. On ne pousse pas quelqu'un dans un escalier à moins de vouloir lui faire du mal. Et on ne le pousse pas aussi sauvagement, à moins de vouloir le tuer.

Tasha dévisageait la vieille femme.

– Vous voulez dire que vous avez vraiment vu quelqu'un pousser madame Mercer dans les escaliers ?

– Oui, répondit la femme, en hochant la tête avec excitation. Exactement ! Et c'est ce que je leur ai dit quand ils sont venus la chercher. Je leur ai dit que quelqu'un l'avait poussée, que quelqu'un avait essayé de la tuer, mais ils n'ont rien fait.

– Qui ça, ils ? demanda Tasha.

– Les ambulanciers. Je leur ai dit : Edith n'a pas sauté toute seule dans ces escaliers, vous savez. Il y a un sale type qui l'a poussée.

Mike haussa le sourcil et échangea un regard avec Tasha.

– Et pourriez-vous le reconnaître, ce type, madame… ?

– Zaddor. Madame Minnie Zaddor. Monsieur Zaddor était un artiste de cirque, vous savez. Le

Grand Zaddor, comme on l'appelait. Un magicien de l'évasion, meilleur que Houdini.

Mike eut un sourire indulgent.

— Madame Zaddor, avez-vous pu voir l'homme qui a poussé madame Mercer ?

— Oui, je l'ai vu. Un type très grand. Avec des cheveux jaunes...

— Blonds, vous voulez dire ?

— Non, jaunes. Aussi jaunes qu'un bouton-d'or. Et il avait un oiseau sur la figure.

— Un oiseau ? demanda Mike, sceptique.

— Un oiseau, répondit la vieille dame. Sur la joue.

— Vous voulez dire un tatouage ?

— Non. Pas un tatouage. Un oiseau. Un peu comme un héron. Edith aurait su le nom, elle. Elle adore les oiseaux, vous savez.

— Et pourriez-vous reconnaître cet homme, madame Zaddor ? L'aviez-vous déjà vu ?

La vieille dame secoua sa tête grisonnante.

— Avez-vous parlé aux ambulanciers de cet homme avec un oiseau sur le visage ? demanda Mike.

— Naturellement ! Je leur ai dit d'appeler la police pour retrouver ce type et l'arrêter.

— Et est-ce qu'ils l'ont fait ?

— Pas que je sache, fit Mme Zaddor en fronçant les sourcils. Ils croient que je suis folle. J'étais cracheuse de feu, je ne vous l'ai pas dit ? Avaleuse de sabres, aussi. Il faut avoir toute sa tête pour faire ça. Je leur ai dit : retrouvez l'homme avec un oiseau sur la figure, c'est lui qui l'a poussée. Mais ils n'ont rien fait. Ils l'ont juste embarquée dans l'ambulance et emmenée à l'hôpital.

– Savez-vous à quel hôpital ? demanda Tasha.
– L'Hôpital général.

Tasha et Mike remercièrent Mme Zaddor et redescendirent l'escalier.

– Une avaleuse de sabres, fit Mike en déverrouillant sa portière. Et moi, je suis voyant extralucide. Je peux lire dans tes pensées comme dans un livre.

– Ah oui ? Et qu'est-ce que tu lis ?

– Que tu veux aller à l'Hôpital général.

– C'est bon de savoir que si jamais l'informatique ne marche pas, tu pourras toujours te rabattre sur autre chose !

– Devenir voyant, tu veux dire ?

– Ou bien chauffeur.

Une demi-heure plus tard, Tasha, assise dans la voiture, fixait le pare-brise, le regard absent. Elle s'était levée quelques heures plus tôt remplie d'espoir. Aujourd'hui était le grand jour, avait-elle pensé. Mme Mercer allait lui révéler quelque chose et grâce à ce renseignement elle pourrait faire libérer son père. Mais les événements avaient tourné bien différemment de ce qu'elle avait prévu.

– Madame Mercer ne peut pas recevoir de visiteurs, j'en ai peur, leur avait dit l'infirmière à la réception.

– Même pas une minute ? avait plaidé Mike. C'est très important. Tasha est la petite-fille de madame Mercer. Elles sont très proches.

Tasha avait réussi à cacher sa surprise, mais en vain.

– Je suis désolée, ma chérie, avait répondu l'infirmière avec gentillesse, sur un ton ferme. Ta grand-mère va très mal. Elle est dans le coma. Et le médecin a donné des ordres très stricts – pas de visites. Pourquoi ne rappelles-tu pas cet après-midi ? Il y aura peut-être une amélioration.

Coma. Le mot résonna dans la tête de Tasha. Mme Mercer était âgée, et elle risquait donc de ne jamais reprendre conscience. Et dans ce cas, tout ce qu'elle avait pu savoir ainsi que les raisons qui l'avaient poussée à mentir sur ce qui s'était passé cinq ans plus tôt demeureraient à jamais secrets.

Tasha jeta un coup d'œil par la vitre de la portière et aperçut Mike qui revenait.

– Et voilà, fit-il sur un ton désinvolte.

Mais Tasha savait qu'il n'était pas d'aussi bonne humeur qu'il s'en donnait l'air. Il se forçait pour elle.

– Deux cafés au lait et un croissant aux amandes. Tu es sûre que tu ne veux rien manger ?

– Absolument.

Elle lui prit les deux gobelets des mains pour qu'il puisse s'installer derrière le volant. Ils demeurèrent silencieux quelques instants.

– Bon, fit Mike après avoir englouti quelques bouchées de son croissant. Qu'est-ce qu'on fait maintenant ? J'ai pensé aller frapper chez les voisins de madame Mercer. On pourrait tomber sur quelqu'un qui se rappelle avoir vu un détail.

– J'y ai pensé moi aussi, répondit Tasha.

– Ça n'a pas l'air de t'enthousiasmer. Veux-tu essayer autre chose ? Veux-tu qu'on aille à la police ? On pourrait leur dire ce qui est arrivé à madame Mercer, et ce que nous a raconté madame Zaddor aussi.

– Leur dire qu'elle a vu madame Mercer se faire pousser dans l'escalier par un type qui a un oiseau sur la figure ?

– C'est bien ce qui est arrivé, non ?

– Peut-être, admit Tasha. Mais rends-toi compte, Mike, ça a l'air complètement invraisemblable ! Un gars aux cheveux jaunes avec un oiseau sur la joue ! Et en plus, qu'est-ce qui nous dit que ce type a quelque chose à voir avec ma mère ? Peut-être qu'il l'a poussée dans l'escalier pour une tout autre raison ? Peut-être qu'il y a une guerre de clans chez les ornithologues ?

Mike lui jeta un regard narquois.

– Et ça, tu trouves que c'est vraisemblable ?

Tasha poussa un soupir. Elle était à court d'idées. Elle avala la dernière goutte de son café au lait, puis replaça le couvercle sur le gobelet.

– D'accord, fit-elle. En route pour le poste de police. Ils me laisseront peut-être voir papa.

– Et tu vas leur parler de madame Mercer et de l'homme-oiseau, n'est-ce pas ? On n'a rien à perdre. Et on ne sait jamais, Tash. Ça pourrait peut-être nous aider.

– Peut-être, répondit Tasha avec un soupir. Pourquoi pas ?

– Bon, entendons-nous bien, récapitula l'inspecteur Pirelli d'un ton cinglant quand Tasha eut fini son histoire. Une ancienne avaleuse de sabres te raconte que sa voisine a dégringolé un escalier et tu penses que cette histoire a quelque chose à voir avec le fait que ton père soit sous les verrous ?

Tasha avait les joues en feu, en partie parce que son histoire semblait totalement invraisemblable une fois revue et corrigée par l'inspecteur Pirelli, et en partie parce qu'il parlait d'une voix si forte qu'une demi-douzaine de paires d'yeux, à l'extérieur du bureau, se tournèrent vers elle.

– Madame Zaddor affirme qu'elle a tout vu, reprit Tasha. Elle a dit que c'était un homme très grand...

– Madame Zaddor mesure moins d'un mètre soixante, l'interrompit gentiment l'inspecteur Marchand. Dès que quelqu'un fait plus d'un mètre soixante-quinze, elle trouve qu'il est grand.

Tasha fronça les sourcils. Comment se faisait-il que l'inspectrice sache combien mesurait Mme Zaddor ? Et à bien y penser, par quel hasard l'inspecteur Pirelli savait-il qu'elle avait été avaleuse de sabres ? Tasha n'en avait rien dit. Elle avait eu peur que ces détails ne rendent son histoire encore plus abracadabrante.

– Vous avez déjà parlé à madame Zaddor, n'est-ce pas ? demanda Tasha, plus découragée que jamais.

« Vous lui avez parlé et vous avez refusé de la croire », ajouta-t-elle en son for intérieur.

– Il n'y a pas un seul agent dans ce service qui n'ait pas au moins une fois parlé à madame Zaddor, dit l'inspecteur Pirelli. Cette femme est une nuisance. Un de ces jours, je vais la citer à comparaître pour déclaration mensongère.

– Les ambulanciers nous ont appelés, expliqua l'inspecteur Marchand, d'un ton plus aimable. À cause de ce que leur avait dit madame Zaddor, et à cause de l'endroit – juste en face du Café Montréal. Et nous avons étudié le cas. Mais pour te dire la vérité, Tasha, madame Zaddor n'est pas crédible. On ne peut plus lui accorder notre confiance. Et personne d'autre n'a vu quoi que ce soit.

– Mais madame Mercer a été poussée, insista Tasha.

– Elle a été poussée ou elle est tombée ? Qui sait ? reprit l'inspecteur Pirelli. Quoi qu'il en soit, il n'y a absolument rien qui permette de relier cet incident à ton père.

– Mais madame Mercer m'a *menti*, répliqua Tasha. Elle m'a dit qu'elle n'avait rien vu ce soir-là, or c'est faux. Elle a vu quelque chose.

– Ce n'est pas ce qu'elle t'a dit, Tasha, dit l'inspecteur Marchand.

– Mais *je sais* qu'elle mentait. Vous n'étiez pas là. Si vous aviez vu comme elle est devenue nerveuse quand nous lui avons posé des questions sur cette soirée-là ! Elle a aussi menti en nous disant qu'elle avait une mauvaise vue.

L'inspecteur Marchand fixa Tasha de ses yeux améthyste.

– On ne peut pas faire grand-chose tant que madame Mercer ne sera pas en état de parler, dit-elle. Mais je te promets une chose, Tasha. Dès qu'elle reprendra conscience, j'irai à l'hôpital et je lui parlerai. Et je lui demanderai aussi ce qu'elle a vu cette nuit-là. D'accord ?

Tasha regarda le visage sympathique de l'inspecteur Marchand, puis celui de l'inspecteur Pirelli, dur et fermé, et comprit qu'elle n'obtiendrait rien de plus.

– D'accord, fit-elle. Est-ce que je peux voir mon père ?

– Bien sûr, répondit l'inspectrice. Mais il est au Centre de détention provisoire.

– Où ça ?

– Au Centre de détention provisoire. C'est là qu'on garde les gens en attente de procès. Il est à la prison Don. Attends ici, je vais arranger ça et t'y emmener.

※

Derrière l'épaisse paroi de plexiglas, Leonard Scanlan avait le visage gris, les yeux hagards. Les vêtements qu'il portait – un jean et une chemise bleu pâle, qui ne lui appartenaient pas – pendaient sur lui comme un sac.

En le voyant dans cet état, Tasha sentit les larmes lui monter aux yeux. Elle baissa vivement la tête pour qu'il ne la voie pas pleurer. Puis elle attrapa maladroitement le combiné.

– Je vais bien, insistait-il.

L'optimisme forcé qu'elle lut dans ses yeux peina Tasha.

– C'est à propos de toi que je me fais du souci, dit-il. Comment t'entends-tu avec ta tante ?

– Ça va bien.

– J'espère que ce ne sera plus très long, reprit-il en souriant d'un air brave. Je comparais demain matin. Maître Brubaker semble croire que j'ai une chance d'être libéré sous caution. Il va venir te voir ce soir. Il veut que tu sois à l'audience. Je lui ai dit que ce n'était pas une bonne idée – d'ailleurs, tu vas à l'école. Mais il veut que tu y sois. Il pense que…

Tasha vit son père baisser la tête, comme s'il avait honte.

– Il pense que les choses iront peut-être mieux si le juge voit que je suis un père de famille, et que ma fille me soutient.

Les larmes montèrent aux yeux de Tasha. Elle aurait tant voulu traverser la vitre pour aller embrasser son père, pour qu'il sache combien elle l'aimait.

– Bien sûr que je te soutiens, papa. Je sais bien que ce n'est pas toi, et je vais faire tout ce que je peux pour t'aider. Absolument tout.

Elle posa la paume de sa main contre la vitre. Son père leva des yeux mouillés de larmes vers elle, et tendit lui aussi le bras pour appliquer sa paume contre la sienne.

– Papa, est-ce que je peux te demander quelque chose ? osa-t-elle d'une voix tremblante.

Son père hocha mollement la tête.

– Ce soir-là, papa…

Elle détestait le fait d'avoir à poser cette question. Elle avait l'impression, en prononçant ces mots, de le trahir.

– Ce soir-là, après que vous vous êtes disputés, toi et maman, tu as quitté la maison. Où es-tu allé ?

Son père détourna les yeux et se mit à fixer le sol pendant un moment qui lui parut interminable.

– Je... j'avais besoin de prendre l'air. De réfléchir.

– Mais il faisait un temps épouvantable, papa. Et tu m'as laissée toute seule à la maison.

– Je sais, articula-t-il d'une voix angoissée. Je le sais, Tasha, et je suis désolé. Je... je n'avais pas toute ma tête. J'aimais ta mère. Je croyais qu'elle m'avait quitté pour de bon. Il fallait que je sorte de la maison. Que je réfléchisse.

La question suivante était encore plus difficile à poser que la première.

– Et où es-tu allé ? murmura-t-elle.

– J'ai pris le volant. Je ne sais même pas où je suis allé. J'ai tourné et tourné pendant des heures, et je suis rentré.

Ce n'était pas la réponse qu'elle attendait. Trop évasive. Le procureur de la Couronne en conclurait qu'il n'avait pas vraiment d'alibi. Et le fait que son père reste aussi vague n'inspirait guère confiance non plus.

– Et les lettres ?

– Quelles lettres ?

– Celles de maman. Tu n'as jamais trouvé bizarre qu'elle les ait tapées à la machine ? Elle détestait taper. Et elle tapait plutôt mal, en plus.

Son père la regarda d'un air absent. Cette passivité la rendit furieuse.

– L'idée que maman n'ait pas écrit ces lettres ne t'a jamais traversé l'esprit ? Tu n'as jamais pensé que quelqu'un d'autre ait pu les écrire ?

Il hocha lentement la tête, avec une telle lenteur que Tasha se demanda s'il répondait à ce qu'elle venait de dire. Elle jugea inutile de lui poser sa dernière question : pourquoi as-tu détruit ces lettres ? Pourquoi ne les as-tu pas conservées comme tu me l'avais promis ?

La fin de la visite arriva trop vite. En voyant son père escorté par deux gardes vers une lourde porte de métal, Tasha laissa enfin libre cours à ses larmes.

– Si je veux retrouver la personne que quelqu'un a épousée, demanda Tasha à l'inspecteur Marchand tandis qu'elles quittaient la prison, comment dois-je m'y prendre ?

La policière lui jeta un regard perçant.

– Ça va bien, Tasha ?

Oh oui, ça va très bien, aurait aimé rétorquer celle-ci. Ma mère est morte, mon père est en prison, et vous vous démenez vingt-quatre heures sur vingt-quatre pour qu'il y reste. Tout va comme sur des roulettes, merci bien !

– Ça pourrait aller mieux, préféra-t-elle répondre en s'obligeant à sourire pour inciter l'inspectrice à répondre à sa question. Supposons que je connaisse une personne, et qu'elle ait changé de nom en se mariant, mais j'ignore avec qui. Comment faire pour retrouver sa trace ?

L'inspecteur Marchand plissa les yeux. Elle doit se demander si cette question a quelque chose à voir avec mon père, se dit Tasha.

– As-tu une idée de l'endroit où s'est mariée cette personne ? demanda la policière. Est-ce que c'est ici ? Ou au moins dans la province ?

– Je crois que c'est ici, répondit Tasha, qui se dit qu'à la réflexion, cela pourrait être n'importe où ailleurs.

– Dans ce cas, il suffit de te rendre au Service de l'état civil. C'est là qu'ils gardent tous les renseignements sur les mariages, les naissances et les décès. Ils pourront peut-être t'aider.

Étonnée que l'inspectrice ne lui pose pas davantage de questions, Tasha décida de se rendre dès le lendemain au Bureau de l'état civil.

15

— Notre objectif, demain, c'est d'essayer de faire libérer ton père sous caution, annonça Maître Brubaker.

— *Essayer*? répéta Tasha.

— Il est accusé de meurtre. Ça ne sera pas facile, admit l'avocat. Mais ça vaut la peine d'essayer. Et il va falloir qu'on travaille ensemble pour y arriver. Mon rôle à moi sera de démontrer que ton père doit être libéré en attendant son procès. Le *tien* sera de faire tout ton possible pour convaincre le juge que ton père est un homme aimant, qui a toute la confiance de sa famille et qui ne représente aucune menace pour la société. Tu comprends, Natasha?

Tasha répondit d'un signe de tête à la question de l'avocat, installé dans le canapé devant une tasse de café. Il était entré dans la maison d'un pas énergique, comme un vieil ami de la famille, et avant de parler de la comparution du lendemain, il avait pris quelques minutes pour expliquer à Tasha qu'ils avaient toutes les raisons d'être optimistes. Elle désirait désespérément le croire, mais quand elle lui avait demandé comment il comptait s'y prendre pour répliquer aux accusations portées par la police, il s'était contenté de sourire. « Disons que ça, c'est mon problème », avait-il répondu.

Et avant que Tasha ait pu lui poser d'autres questions, il s'était tourné vers tante Cynthia : « Est-ce qu'on peut avoir du café ? »

– Il y a deux raisons pour lesquelles nous devons tout faire pour que ton père soit libéré jusqu'au procès, reprit l'avocat. D'abord, cela compte énormément pour lui de rentrer chez lui et de mener une vie aussi normale que possible. La prison n'est pas un endroit facile, comme tu l'imagines, et pour être franc, je crois que ton père a bien du mal à la supporter.

– Que voulez-vous dire ? demanda tante Cynthia.

Maître Brubaker la regarda d'un air pontifiant avant de reprendre son exposé, sans d'ailleurs répondre à la question.

– Deuxièmement, si ton père était libre, cela aiderait sa cause. Si nous arrivons à le faire libérer sous caution, cela donnera aux jurés l'impression qu'il n'est pas dangereux. Parce que sinon, jamais il n'aurait été relâché. Si, par contre, nous n'arrivons pas à le faire libérer, inutile de te dire que le jury aura une impression totalement différente. C'est pour ça que tu ne dois pas quitter ton père des yeux pendant l'audience de demain, Tasha. Regarde-le comme si tu lui faisais pleinement confiance...

– Mais je lui fais confiance ! coupa Tasha d'un ton sec.

Maître Brubaker était peut-être un bon avocat, comme l'avait dit son père, mais Tasha n'était pas sûre de l'aimer. Elle se demandait aussi si *lui* croyait vraiment en l'innocence de son père. Même tante Cynthia semblait décontenancée par son côté roublard.

Maître Brubaker sourit.

– Bravo, Tasha ! Voilà exactement l'attitude que je veux que tu prennes. *Bien sûr* que tu crois en l'innocence de ton père. Il est innocent. Pourquoi ne lui ferais-tu pas confiance ? C'est important, Tasha. Si le juge voit qu'il n'y a aucun doute dans ta tête, que tu es avec lui à cent pour cent, cela peut nous aider beaucoup. Bon, parlons garde-robe, à présent.

– Garde-robe ? répéta Tasha, pas sûre d'avoir bien compris.

– L'habit fait le moine, répondit l'avocat. Je veux que demain, tu portes une tenue qui dise au juge : je suis un membre fiable et responsable de la société. Je suis une personne qui a été élevée par un père aimant. Je suis quelqu'un dont vous devez respecter l'avis, et je sais que mon père est innocent.

– Pourquoi pas un tee-shirt avec un message imprimé dessus ? ironisa tante Cynthia. Comme « Libérez mon père ! »

Maître Brubaker lui jeta un regard condescendant.

– Ce n'est pas une attitude très constructive, madame... euh...

Il consulta un bloc de formulaires juridiques sur lequel il avait gribouillé des notes.

– ... *mademoiselle* Jarvis. Vous devriez plutôt donner l'exemple à Natasha. Et par la même occasion, j'aimerais vous voir vous aussi à l'audience demain et adopter la même attitude de confiance.

Il se tourna vers Tasha.

– Je veux que tu portes une robe. Tu as bien une robe, n'est-ce pas ?

– Oui, une ou deux.

– Quelque chose de simple, de classique. Rien de trop court, ou de décolleté. Des couleurs sombres, de préférence. Avec des collants et des chaussures appropriées.

– On dirait qu'elle va à un enterrement, fit tante Cynthia.

– C'est précisément ce que je cherche à éviter, mademoiselle Jarvis.

Maître Brubaker fourra son bloc-notes dans sa serviette de cuir, qu'il referma, et se leva.

– L'audience est à dix heures demain matin. Arrangez-vous pour arriver cinq ou dix minutes à l'avance. Et ne t'inquiète pas, Natasha. Nous allons faire tout notre possible pour que ton père soit ici demain soir.

En voyant son père qu'on escortait dans la salle d'audience, Tasha pensa que ce serait la plus dure épreuve qu'elle aurait à subir de toute la journée.

Il avait l'air plus petit que d'habitude. Et avec ses épaules voûtées et son visage blême, il paraissait aussi plus vieux.

« Comment faire, à le voir si malheureux, pour ne pas se lever d'un bond et courir l'embrasser ? » pensa-t-elle.

Elle faillit d'ailleurs céder à la tentation, mais le regard sévère que lui lança Maître Brubaker l'en dissuada. Et tante Cynthia lui toucha doucement le bras, pour lui rappeler la gravité de la situation.

Elle ne devait en aucun cas tenter le moindre geste susceptible de compromettre les chances de son père.

Elle suivit à la lettre les instructions de Maître Brubaker. Pas une fois elle ne détourna les yeux de son père. Elle put lire l'espoir s'allumer dans ses yeux lorsque Denny Durant expliqua qu'il était prêt à verser la caution, que Leonard Scanlan était un homme d'affaires respecté et qu'il était ridicule d'imaginer qu'il puisse prendre la fuite et quitter le pays.

Elle vit cet espoir vaciller lorsque soumis à l'interrogatoire de la procureure de la Couronne, Denny dut admettre que les restaurants Lenny et Denny avaient beaucoup souffert de la récession prolongée, et que lui et Leonard avaient dû hypothéquer deux des établissements.

Oui, il était permis de supposer qu'un homme surchargé de dettes avait moins de raisons de rester au pays qu'un entrepreneur dont les affaires florissaient.

Elle vit cet espoir s'éteindre lorsqu'un homme qu'elle n'avait jamais vu, un comptable, raconta que Leonard lui avait confié quelques mois plus tôt qu'il pensait jeter l'éponge et abandonner la chaîne de restaurants.

Enfin, lorsqu'un cuisinier d'un des restaurants expliqua que Leonard Scanlan avait un tempérament colérique et qu'il l'avait physiquement menacé à plusieurs occasions, le visage de son père exprima un tel désespoir qu'elle dut détourner les yeux.

La procureure de la Couronne multiplia les arguments contre Leonard Scanlan. Elle plaida que c'était un homme dangereux qui avait brutalement assassiné son épouse et avait réussi à cacher son forfait pendant des années, grâce à sa fourberie et ses talents de criminel.

Vu ses difficultés financières, il aurait toutes les raisons de fuir à l'étranger dès sa libération sous caution. La Cour devait donc ordonner qu'il reste derrière les barreaux jusqu'à son procès.

Quand la procureure de la Couronne eut terminé, Maître Brubaker se leva à son tour.

Il se tourna vers Tasha et lui sourit avant d'entamer sa plaidoirie.

Leonard Scanlan n'est pas un homme dangereux, commença-t-il. Bien sûr, il s'emporte facilement, mais avant son arrestation, il n'avait jamais eu de démêlés avec la justice. Et quant au risque qu'il prenne la fuite, l'avocat estimait au contraire qu'il n'en existait aucun.

– Monsieur Scanlan est un citoyen respecté dans cette ville. Il a une entreprise à administrer. C'est vrai que les temps ont été difficiles. Mais monsieur Scanlan n'est pas le seul homme d'affaires qui ait souffert de la situation économique. En fait, en le gardant en détention, on l'empêcherait de veiller aux intérêts de son entreprise. Et puis il y a sa fille, Votre Honneur.

Il se tourna à nouveau vers Tasha.

– Sa mère a été assassinée. La pauvre enfant est traumatisée. Elle a besoin de son père. Elle a besoin de retrouver une vie à peu près normale si elle veut surmonter cette épreuve. Maintenir son père en détention lui sera préjudiciable. À elle comme à monsieur Scanlan. Et cela ne fera en rien avancer la cause de la justice.

Maître Brubaker enchaîna sur les choses positives qu'avait accomplies Leonard Scanlan par le passé, contre-interrogea le cuisinier qui avait parlé de ses accès de violence, et appela d'autres membres du personnel pour témoigner. Pendant toute la plaidoirie, Tasha ne quitta pas des yeux le visage triste de son père. L'avocat se rassit, et le silence envahit la salle d'audience.

Tasha, assise bien droite, regardait son père comme on le lui avait demandé, tout en jetant de temps à autre un coup d'œil au juge. Celui-ci prenait une éternité à délibérer. Que pouvait bien penser cet homme au visage impassible ? Penchait-il davantage du côté de la Couronne, ou se rendait-il aux arguments présentés par Maître Brubaker ?

Enfin, le juge se leva. Tasha avait les yeux fixés sur son père, qui avait penché la tête et regardait le plancher, perdu dans ses réflexions...

À quoi pensait-il ? Elle ne pouvait que l'imaginer. Elle savait quel genre d'idées folles lui auraient traversé l'esprit si elle s'était retrouvée à sa place. Maître Brubaker se redressa. Tante Cynthia posa la main sur le bras de Tasha.

– La Cour accueille favorablement l'argument présenté par Maître Brubaker, commença le juge, en particulier en ce qui concerne la situation de la fille de l'accusé – il marqua une pause pour regarder Tasha – et elle reconnaît qu'il est incontestablement dans son intérêt de retrouver des conditions de vie normales.

Tasha retenait son souffle. Jusqu'ici, ça va, pensa-t-elle. Apparemment, le juge avait trouvé les arguments de Maître Brubaker plus convaincants. Son père n'était pas un boucher psychopathe. C'était un chef cuisinier, un homme bon qui n'avait jamais commis la moindre exaction de toute sa vie. À coup sûr, ils allaient le laisser en liberté jusqu'à son procès.

Ils ne pouvaient pas le traiter comme quelque assassin sanguinaire qu'il faut garder sous les verrous pour protéger la société.

– Toutefois..., reprit le juge.

Toutefois, un mot qui ne présageait rien de bon. Tasha sentit son cœur flancher. Elle vit son père se voûter, comme s'il vieillissait à vue d'œil et avait peine à porter attention à ce que disait le juge.

Les mots se télescopaient comme les éclats de verre dans un kaléidoscope – caractère brutal du crime, tempérament violent, force des arguments de la Couronne, risque de fuite... Elle entendit le juge indiquer la date du procès, qui résonna à ses oreilles comme s'il l'avait criée dans un puits sans fond. Tasha ne pouvait détacher les yeux de son père, effondré sur sa chaise comme si on l'avait assommé.

Elle se leva pour aller le rejoindre, mais tante Cynthia la retint par la manche.

– Il va le supporter, murmura-t-elle. Pas d'imprudence, Tasha.

Le juge avait déjà le nez dans le dossier suivant, et Maître Brubaker aidait son père à se relever, avec l'assistance d'un fonctionnaire du tribunal. Avant que Tasha ait pu lui dire quoi que ce soit, il était escorté à l'extérieur de la salle d'audience pour être ramené en prison.

16

Tasha leva la tête de son oreiller et tendit l'oreille, jusqu'à ce qu'elle reconnaisse la voix de Mike et comprenne qu'il parlait à tante Cynthia.

— Mais je lui ai promis de passer la prendre, disait-il. Je pense qu'elle veut me voir.

— Je te l'ai dit, Tasha dort, répondit fermement tante Cynthia.

Pour une fois, le ton inflexible ne la dérangea pas. Elle était contente que sa tante monte la garde comme un doberman bien dressé. Elle ne voulait parler à personne, pas même à Mike. À quoi bon ? Tout le monde pensait que son père était coupable. Même le juge l'avait trouvé trop dangereux pour le laisser en liberté pendant que la justice suivait son cours. « Et que font-ils de la présomption d'innocence ? » se demandait-elle. Pour le reste du monde entier, son père avait déjà été jugé coupable. Qui était-elle pour leur faire changer d'avis ?

– J'ai promis à Tasha que je passerais la prendre pour l'emmener au centre-ville, insistait Mike d'une voix qui semblait à présent moins lointaine. Et quand je promets quelque chose à quelqu'un, surtout quand c'est Tasha, je tiens parole, OK ?

Tasha avait maintenant l'impression qu'ils étaient juste de l'autre côté de sa chambre. Elle s'assit dans son lit, essuya ses larmes. Des coups résonnèrent à sa porte. Puis elle entendit un bruit sourd, comme si quelqu'un s'était cogné. Elle bondit de son lit et se précipita pour ouvrir. Elle rattrapa Mike avant qu'il ne tombe à la renverse. Tante Cynthia, alarmée, arriva juste à temps pour le soutenir.

– Ça va ? demanda Tasha à Mike.

– Je ne voulais pas faire irruption chez toi, répondit-il en se redressant. Si tu ne veux pas me voir, tu n'as qu'à le dire et je m'en vais.

– Je croyais que tu dormais, dit tante Cynthia. Je pensais que tu ne voulais pas qu'on te dérange.

– Non, ça va, répondit Tasha.

Elle ne dormait pas, elle était en train de pleurer. Elle s'était sentie si seule au monde, et voilà ces deux-là qui la couvaient du regard et qui de toute évidence se faisaient un sang d'encre pour elle. Leur présence lui réchauffa un peu le cœur.

– J'ai oublié de te dire que Mike allait passer, dit Tasha à sa tante. J'ai besoin de quelques minutes pour me préparer, ajouta-t-elle à l'intention de Mike. Si tu lui demandes gentiment, tante Cynthia t'offrira peut-être quelques-uns de ses fameux biscuits au chocolat blanc et aux noix. C'est une fabuleuse cuisinière, tu sais.

Elle sourit à sa tante, qui parut soulagée.

Mike et tante Cynthia se dirigèrent vers la cuisine tandis que Tasha, qui portait encore la robe bleu marine qu'elle avait mise pour aller au tribunal, rentra dans sa chambre se changer.

***

– Ta tante m'a raconté ce qui s'est passé, dit Mike quand ils furent dans la voiture. Je suis vraiment désolé que les choses aient tourné comme ça. J'espérais bien qu'ils le remettent en liberté. Tout le monde l'espérait.

– *Tout le monde ?*

– Mes parents et moi. Les élèves, à l'école. Plein de gens.

Tasha hocha doucement la tête.

– Tu veux dire qu'il y en a, à l'école, qui pensent que mon père est innocent ?

Mike eut l'air surpris.

– Bien sûr. À part quelques-uns qui croient le contraire, mais ce sont des imbéciles. Ils pensent que parce qu'on arrête quelqu'un, cette personne est nécessairement coupable. Ils n'ont pas encore compris qu'on doit examiner tous les faits avant de porter un jugement. C'est à ça que servent les procès, non ?

– C'est vrai, répondit Tasha, qui n'avait pas encore complètement assimilé le fait qu'elle n'était pas la seule à croire que la place de son père n'était pas derrière des barreaux.

– Oh non, grogna Mike quand ils mirent le pied dans la salle surpeuplée du Service de l'état civil. Le cauchemar de la bureaucratie municipale! Il y a neuf personnes qui attendent, et un seul guichet d'ouvert!

Ils durent faire la queue près d'une heure avant de savoir un peu mieux où s'adresser pour obtenir les renseignements qu'ils désiraient. Ils finirent par accéder à un autre guichet et Tasha expliqua ce qui l'amenait.

– Je ne peux rien pour vous, répondit la femme derrière le comptoir, qui leva les yeux pour appeler la personne suivante.

Tasha resta à sa place.

– Comment ça, vous ne pouvez rien faire?

– Ce sont des renseignements confidentiels, expliqua la femme avec impatience. Si vous voulez, on peut faire une vérification. Mais la seule chose que vous apprendrez, c'est si cette personne est inscrite ou non au registre des mariages. Tous les autres renseignements personnels doivent demeurer confidentiels. Nous n'avons pas le droit de les divulguer, sauf à la personne elle-même.

– C'est idiot, fit Mike. Qui a besoin de savoir qui est son propre conjoint?

L'employée lui lança un regard méprisant.

– Il y a des lois pour protéger la divulgation des renseignements personnels.

– Mais je croyais que les mariages étaient du domaine public, insista Mike.

– Eh bien vous avez tort, répliqua l'autre d'un ton sec.

On nageait en pleine absurdité.

– Il doit y avoir un moyen de savoir quel nom une femme a pris en se mariant.

– Si elle l'a fait *officiellement*, répondit la femme avec lenteur, c'est effectivement enregistré.

– Quand une femme se marie et prend le nom de son conjoint, c'est un changement de nom officiel, non ?

– Pas nécessairement. Il faut qu'elle l'enregistre. Et bien des femmes ne le font pas. Elles portent simplement le nom de leur mari. Et dans ce cas, aucun document n'en fait foi.

– Ça ne nous servirait donc à rien de consulter le registre des changements de noms ? C'est bien ce que vous nous dites ?

La femme opina.

– Mais c'est complètement ridicule, reprit Mike exaspéré.

Tasha le tira par la manche pour l'éloigner du guichet.

– Il y a peut-être un autre moyen, lui dit-elle.

– Lequel ?

– La bibliothèque, suggéra-t-elle en consultant sa montre. À condition de se dépêcher.

La bibliothécaire se montra plus aimable que l'employée de l'État civil, mais ne leur fut pas d'un grand secours non plus.

– Savez-vous quand cette personne s'est mariée ? demanda-t-elle.

Tasha secoua la tête.

– Il y a trois ou quatre ans. Enfin, je crois...

– Connaissez-vous quelqu'un qui aurait assisté à ce mariage ? Il pourrait peut-être vous aider.

Autre hochement de tête.

– Je pensais, reprit Tasha, qu'on pouvait faire une recherche par Internet. Ils ont peut-être annoncé leur mariage dans les journaux...

– J'ai bien peur que ça ne marche pas, répondit la bibliothécaire. Les journaux mettent en ligne une grande partie de leurs pages, mais pas les avis de décès, de naissance, les mariages, les annonces publicitaires... En plus, les grands quotidiens publient les avis de décès et de naissance, mais pas les fiançailles ou les mariages, qui sont plutôt annoncés dans les hebdomadaires locaux, trop petits pour s'offrir Internet.

– Vous voulez dire qu'il n'y a aucun moyen de trouver le renseignement que je cherche ? gémit Tasha.

– Sauf si vous n'êtes pas pressés. Vous pouvez consulter les microfilms des journaux. Ça va vous prendre du temps, mais si cette personne a publié les bans ou annoncé son mariage, vous avez des chances de la retrouver.

Tasha lança un coup d'œil à Mike, qui haussa les épaules.

– Parfait, dit-elle à la bibliothécaire. Et par où on commence ?

– Eh bien, vous revenez demain...

– *Demain ?*

La bibliothécaire sourit d'un air désolé.

– Nous fermons dans dix minutes. Mais si vous revenez demain, quelqu'un se fera un plaisir de vous montrer comment manipuler toutes les visionneuses.

– Bon, fit Mike comme ils sortaient de la bibliothèque. Je sais ce que je vais faire demain matin.

– Et tes cours ?

Il haussa les épaules.

– Quels cours ?

Le lendemain matin, ils étaient sur le perron de la bibliothèque avant même l'ouverture des portes. Un bibliothécaire leur indiqua où trouver le microfilm ; un autre leur montra comment installer la bobine et actionner la visionneuse.

– Penses-tu que ça va être difficile ? demanda Mike.

– Je n'en sais rien, répondit Tasha en examinant d'un air dubitatif la bobine de microfilm qu'elle introduisait dans la visionneuse. Ce qui est sûr, c'est qu'ils emmagasinent beaucoup d'informations sur chaque film. Et même si la fille de Horstbueller s'est mariée dans le coin, cela veut dire tout un paquet d'hebdomadaires à éplucher. Ça pourrait être plus compliqué qu'on le pense.

Mike se mit à rire.

– C'est pourtant simple, ce que nous cherchons. Combien de temps ça va nous prendre ?

Il leur fallut des heures, en fait. Et ce ne fut pas Tasha qui tomba dessus, mais Mike.

– Eurêka ! s'exclama-t-il d'une voix si forte que plusieurs têtes se tournèrent vers lui. Tasha, viens voir ! souffla-t-il. Viens voir ça !

Elle se leva et vint se pencher par-dessus son épaule. Sur l'écran, au beau milieu d'une page de photos de mariage et d'avis de fiançailles, figuraient les quelques lignes qui leur livraient le nom qu'ils cherchaient : Herbert Frederick Marcuse. Lucille Horstbueller avait épousé Herbert Marcuse qui, au moment de la publication des bans, résidait dans le quartier de York Nord.

– Il habite encore là ? demanda Mike.

Elle s'était posé la même question. Elle jeta un coup d'œil à la ronde, repéra la rangée de téléphones publics près de la sortie, vers laquelle elle se dirigea aussitôt. Mike lui emboîta le pas.

– Mara... Marborough... Marchant... Marcus... Marcuse, A... Marcuse, C... Marcuse, George... Ah ! Il est là ! s'exclama Tasha. Herbert Frederick Marcuse. 1913, Hyacinth Crescent.

Mike était aussi excité qu'elle.

– Qu'est-ce qu'on attend ?

17

Assise dans la voiture de Mike, un plan de la ville sur les genoux, Tasha examinait de l'autre côté de la rue une maison de pierre à deux étages entourée de parterres soigneusement entretenus. Au-dessus de la porte, une plaque portait le numéro 1913 en chiffres de laiton.

– Nous y voilà, dit Tasha.

Tout bien considéré, il leur avait été facile de retrouver la trace d'Herbert Marcuse. Mike ouvrit sa portière.

– Attends! cria Tasha. Où vas-tu?

Parler à la fille d'Evart Horstbueller, tiens!

Il fronça les sourcils.

– Qu'est-ce qui ne va pas, Tash? Je pensais qu'il s'agissait de demander à Lucille Horstbueller si elle savait ce qui s'est passé cette nuit-là.

– Oui... mais...

– Mais quoi?

– Rien... Rien et tout.

Juste en face d'elle se dressait la maison d'Herbert Marcuse. L'homme qu'avait épousé Lucille Horstbueller.

Il n'était pas impossible – pas absolument impossible, supposait Tasha maintenant qu'elle ne pouvait plus reculer – qu'Evart Horstbueller ait été au Café Montréal ce soir-là et qu'il ait vu Catherine Scanlan arriver. Il aurait donc pu savoir si elle était seule ou non. Et dans ce cas, peut-être connaissait-il la personne qui l'accompagnait. Et peut-être en avait-il parlé à sa fille Lucille, passée le prendre pour le ramener à la maison.

Jusque-là, Tasha avait placé tous ses espoirs dans le fait de retrouver Lucille Horstbueller pour lui demander si son père lui avait dit quelque chose. Et maintenant qu'elle était tout près du but, elle avait soudain l'impression de jouer à une loterie où elle risquait gros.

Son avenir dépendait de ce qui allait suivre. Si elle avait tiré le mauvais numéro – s'il advenait que Lucille Horstbueller ne sache rien de ce qui s'était passé cette nuit-là – alors tout serait fini. Elle n'aurait aucune autre chance de rafler le gros lot – la liberté de son père –, sauf peut-être si Mme Mercer se rétablissait et acceptait de dire la vérité.

– Si tu veux, proposa doucement Mike, tu peux rester ici et j'irai lui parler. Ça m'est égal.

Ce bon vieux Mike. Que n'aurait-il pas fait pour elle ? Mais Tasha ne voulait pas lui laisser cette corvée. C'était à elle de le faire, que ça lui plaise ou non.

– Merci, ça va aller, dit-elle.

Elle prit une profonde inspiration et ouvrit la portière de la voiture. Les jambes tremblantes, elle resta plantée sur le trottoir, les yeux fixés sur la maison, puis se retourna vers la voiture et se pencha vers la vitre de la portière.

– Je ne dirais pas non à un petit soutien moral, fit-elle avec un pauvre sourire.

Mike sortit de la voiture en un éclair. Côte à côte, ils remontèrent le sentier dallé et gravirent les marches du perron. Tasha s'obligeait à respirer lentement et à un rythme régulier – un, deux, trois, quatre ; un, deux, trois, quatre – pour se calmer. Elle appuya sur le bouton de la sonnette et attendit.

Pas de réponse.

Elle jeta un regard à Mike, qui haussa les épaules et appuya à nouveau sur le bouton.

Les secondes s'écoulèrent.

Tasha s'apprêtait à faire demi-tour lorsqu'un visage apparut dans la lucarne de la porte. Celle-ci s'ouvrit soudain.

– Ce n'est pas trop tôt, s'exclama une femme que Tasha reconnut immédiatement.

Mme Marcuse, une version légèrement vieillie de Lucille Horstbueller, regardait Mike d'un air peu amène.

– La première chose à apprendre, monsieur Simmons, c'est que les leçons commencent toujours à l'heure. Si la vôtre est prévue à quatre heures trente, vous êtes prié de sonner à cette porte à quatre heures vingt-cinq. La deuxième chose, enchaîna-t-elle en foudroyant Tasha du regard, c'est de laisser votre petite amie chez elle. Pour cette fois, elle peut rester. Elle attendra dans le vestibule pendant que vous me montrerez ce que vous savez faire. Allons, dépêchons, nous n'avons pas toute la journée. Vous n'êtes pas mon seul élève, vous savez. Et il va falloir me montrer que vous avez du potentiel ; sinon, ce sera votre première et dernière leçon.

Elle recula pour laisser entrer Tasha et Mike, puis entraîna celui-ci le long d'un couloir jusqu'à une grande pièce ensoleillée où trônait un piano à queue. Avant d'entrer, Mike se retourna vers Tasha. Au secours ! l'implora-t-il des yeux.

Tasha se précipita vers lui. Elle atteignit la porte juste au moment où Mme Marcuse la refermait.

– Je croyais vous avoir dit d'attendre dans le vestibule !

– Nous ne sommes pas ici pour des leçons de piano.

Mme Marcuse, perplexe, se tourna vers Mike.

– Vous n'êtes pas Albert Simmons ?

– Non. Mike Bhupal.

– Alors pourquoi êtes-vous ici ? Qu'est-ce que vous voulez ?

– En fait, expliqua Tasha, nous espérions pouvoir vous poser quelques questions au sujet de votre père.

– Mon père ? Mais qui êtes-vous ? demanda-t-elle en scrutant Tasha.

– Je m'appelle Natasha Scanlan. Votre père travaillait au Café Montréal quand mes parents en étaient propriétaires. Ma mère...

– Tasha ?

Mme Marcuse la regardait comme si elle voyait un fantôme.

– La petite Tasha Scanlan ?

Tasha fit oui de la tête.

– Je ne sais pas si vous avez entendu ce qui est arrivé à mon père...

Mme Marcuse hocha la tête d'un air grave.

– Et c'est pour ça que tu es ici ? demanda-t-elle. À cause de ton père ?

– Oui. Vous savez... nous... j'espérais que vous sauriez peut-être quelque chose sur ce qui s'est passé le soir où ma mère a disparu.

Mme Marcuse écarquilla les yeux.

– Moi ? Comment pourrais-je savoir quelque chose ?

– Je me souviens que vous aviez l'habitude de passer prendre votre père chaque soir après le travail. J'ai pensé que peut-être...

– Mon père est mort, coupa Mme Marcuse d'un ton cinglant, comme si Tasha y était pour quelque chose. Il est mort il y a quelques années.

– Oui, je sais, reprit Tasha. J'en suis navrée. Mais j'ai pensé qu'il vous avait peut-être parlé de ce qui s'était passé ce soir-là. Ma mère a dû passer au Café. Puisque c'est là qu'on l'a retrouvée.

– Es-tu en train de dire que mon père a quelque chose à voir avec ce qui est arrivé à ta mère ? répliqua Mme Marcuse d'une voix stridente.

Elle était devenue toute rouge.

– Non ! répondit Tasha, mortifiée de ne pas être comprise. Pas du tout. J'ai simplement pensé que si votre père avait remarqué quelque chose, s'il avait vu arriver ma mère, il vous en aurait peut-être parlé. Il aurait pu avoir une idée de la personne qui voulait la tuer…

Le regard de Mme Marcuse se durcit.

– Je ne sais rien. Rien du tout, dit-elle. C'est à cause de votre mère que…

Elle s'interrompit soudain.

– S'il vous plaît, reprit-elle. J'attends un élève d'une minute à l'autre.

Mais Tasha ne pouvait pas en rester là.

Il fallait bien que quelqu'un sache quelque chose. C'était absolument impossible que personne n'ait rien vu.

– Votre père aimait beaucoup ma mère. Je le sais.

Les yeux de Mme Marcuse brillaient de larmes mal contenues.

– Je vous en prie, plaida Tasha. Essayez de vous rappeler. Juste une minute. Peut-être vous a-t-il dit quelque chose, un détail, qui pourrait nous aider à prouver que mon père est innocent. S'il vous plaît, madame Marcuse. S'il y avait le moindre indice que la police pourrait explorer…

– La police ? Qu'est-ce qu'elle vient… Es-tu en train de me dire que la police va venir frapper à ma porte ?

– C'est ce que nous aimerions qu'elle fasse, fit Mike.

Mme Marcuse se retourna vers lui en le fusillant du regard.

– Que veux-tu dire ? Tu m'accuses de quelque chose ?

— Mais pas du tout, s'empressa de la rassurer Tasha. Il veut simplement dire que si vous vous rappelez quoi que ce soit qui puisse intéresser la police, cela pourrait aider mon père.

— Je suis désolée, répondit Mme Marcuse d'une voix glaciale. Comme je te l'ai dit, je ne sais rien. À présent, si tu veux bien m'excuser...

Elle traversa le couloir et ouvrit la porte d'entrée.

— Je dois vous demander de partir. Immédiatement, ajouta-t-elle comme Tasha ouvrait la bouche pour plaider sa cause. S'il vous plaît, partez, avant que j'appelle moi-même la police pour vous faire sortir d'ici.

Déçue et tremblante d'indignation, Tasha suivit Mike jusqu'au trottoir. Elle se retourna vers la maison en pierre tandis que Mike déverrouillait sa portière. Mme Marcuse était rentrée et la maison semblait paisible, excepté un léger mouvement des rideaux dans la pièce de devant. Tasha était sûre que Mme Marcuse les surveillait en attendant qu'ils s'en aillent. Elle entra dans la voiture et boucla sa ceinture. Ils firent le tour de deux ou trois pâtés de maisons, puis Mike se gara le long du trottoir et éteignit le contact.

— Qu'est-ce qui se passe ? demanda Tasha. Pourquoi t'arrêtes-tu ?

— Pour procéder à l'autopsie.

— *À quoi ?*

– L'autopsie. L'examen des faits après coup. Je me trompe peut-être, mais Lucille Horstbueller, alias madame Herbert Marcuse, n'est-elle pas devenue très nerveuse quand tu as commencé à lui poser des questions sur son père ?

– Tu ne te trompes pas, répondit Tasha. Mais en un sens, tu ne peux pas la blâmer.

Elle se montrait d'une générosité qu'elle était loin de ressentir. Elle cherchait désespérément une raison de critiquer cette femme.

– Elle s'est littéralement figée quand tu as dit que la police pourrait éventuellement vouloir l'interroger.

– Ouais, répondit Mike. Ce n'était peut-être pas la chose la plus intelligente à dire.

Tasha haussa les épaules, plongée dans ses réflexions. Non seulement Lucille Marcuse ne les avait pas aidés, mais elle s'était montrée hostile. Elle les avait même menacés. Mais là encore, Tasha dut admettre qu'à la place de Lucille, elle aurait peut-être réagi de la même façon.

– Qu'est-ce que tu ferais si quelqu'un que tu n'as pas vu depuis cinq ans sonnait un beau jour à ta porte pour te poser des questions sur ton père décédé ? Tu t'énerverais aussi, non ?

– Probablement, répondit Mike.

Il réfléchit une minute.

– Mais je ne pense pas que je menacerais cette personne d'appeler la police pour la flanquer dehors. Je trouve cette réaction un peu excessive.

– D'après ce que nous avons pu voir, madame Marcuse est une personne excessive.

– C'est une possibilité. Mais dans ton souvenir, est-ce qu'elle était comme ça quand elle venait au Café ?

– Pas vraiment, mais je ne la connaissais pas très bien. Pourquoi ? Tu as une théorie ?

– Peut-être. Parfois, les gens s'énervent quand ils sont pris dans leurs mensonges. Et je peux me tromper, mais j'ai eu l'impression qu'elle en voulait à ta mère, presque comme si elle lui reprochait d'être pour quelque chose dans la mort de son père.

– Que veux-tu dire ? Qu'elle nous racontait des histoires ? Que c'est Evart Horstbueller qui a tué ma mère ?

– Pourquoi pas ? répondit Mike en haussant les épaules. Ce n'est pas parce que quelqu'un est mort qu'il n'a rien fait de mal de son vivant. Je veux dire, il n'y a pas de loi qui interdise à un meurtrier de mourir avant d'être traduit en justice.

– C'est vrai, admit Tasha, qui n'avait pas envisagé cette possibilité. Mais à supposer que tu aies raison. À supposer qu'Evart Horstbueller soit – ou ait été – le meurtrier. Pourquoi cela énerverait-il encore sa fille cinq ans *après* sa mort ?

Mike haussa les épaules.

– Rappelle-toi ce que disait Enrico Zapata, lança-t-il. Que la mort de Horstbueller n'était peut-être pas un accident. Il pensait à un suicide.

– Tu veux dire qu'Horstbueller aurait tué ma mère et que pris de remords, il se serait suicidé ?

– C'est possible.

Tasha réfléchit un instant.

– Je ne sais pas, dit-elle. En plus, c'est difficile de croire qu'il l'ait fait. Il aimait beaucoup ma mère. Ils s'entendaient bien.

– Tu penses donc que madame Marcuse a réagi comme ça simplement parce que tu es arrivée un beau jour pour lui poser des questions sur son cher papa depuis longtemps enterré ? Et que le fait qu'elle ait une dent contre ta mère ne veut rien dire ?

– Je n'ai pas dit *ça*.

Tasha poussa un soupir. Les choses se compliquaient, alors qu'elle aurait tant voulu que tout soit plus simple.

– Ça, par exemple, marmotta Mike. Tu vois ce que je vois ?

Tasha se retourna juste à temps pour apercevoir une décapotable verte filer devant eux. Lucille Marcuse était au volant. Plutôt que de freiner pour respecter le stop, elle se contenta de ralentir une fraction de seconde pour ensuite accélérer et traverser le carrefour.

– Elle a l'air bien pressée, commenta Tasha.

Mike tourna le contact, alluma son clignotant et s'engagea sur la chaussée.

– Trop pressée pour quelqu'un qui attendait un élève d'une minute à l'autre, fit-il. On la suit ?

– J'allais le proposer.

Tasha s'avança sur le bord du siège, en tirant sur sa ceinture, pour mieux suivre des yeux la voiture verte.

– Elle tourne au feu. À gauche.

Mais juste quand ils arrivèrent au carrefour, le feu passa au rouge.

– Zut! s'exclama Mike en frappant le volant de ses deux mains.

– Je l'aperçois encore, cria Tasha. Là-bas. Il n'y a pas beaucoup de circulation.

Mais quand ils purent enfin tourner, une fois le feu passé au vert, la décapotable verte s'était volatilisée.

Ils explorèrent le coin quelques minutes pour retrouver la piste de Lucille Horstbueller, mais sans succès.

– Ce n'était probablement rien d'important, conclut Mike quand il décida enfin d'abandonner la poursuite.

– Tu le penses vraiment?

Il regarda longuement Tasha dans les yeux avant de répondre.

– Tu veux que je te dise la vérité?

– Oui.

– Je trouve la réaction de madame Marcuse bien trop exagérée pour qu'il n'y ait pas anguille sous roche. Quand nous sommes arrivés, elle attendait un élève, ça c'est sûr. Elle a même cru que c'était moi. Mais avant que l'élève en question ait pu se montrer, la voilà qui saute dans sa voiture et qui roule à tombeau ouvert. As-tu déjà vu une prof de piano conduire comme ça? Je suis sûr qu'il y a quelque chose d'autre, Tasha, quelque chose qui explique pourquoi elle agit comme ça.

– Je veux bien, mais quoi? demanda Tasha.

Elle ne désirait rien tant que le croire, et aurait donné tout ce qu'elle avait pour prouver que la réaction de Lucille avait quelque chose à voir avec la disparition de sa mère cinq ans plus tôt. Si seulement elle pouvait être sûre que Mme Marcuse se conduisait de manière inhabituelle...

Elle claqua soudain des doigts.

– On retourne chez elle! annonça-t-elle.
– Pour quoi faire?
– S'il te plaît, Mike. On y va. Tout de suite.

Pendant le trajet, Tasha se demanda s'ils étaient sur une piste ou s'ils se raccrochaient à un semblant d'espoir. Elle jeta un coup d'œil derrière elle, s'attendant presque à voir réapparaître la décapotable de Mme Marcuse rentrant innocemment chez elle.

– Hé! s'exclama-t-elle, surprise.
– Quoi?

Une Thunderbird noire roulait à une cinquantaine de mètres derrière eux et pendant un court instant, Tasha crut reconnaître le conducteur.

– On dirait la voiture qui a failli nous rentrer dedans en face de chez madame Mercer. Qu'est-ce qu'il fait ici?
– Où ça? demanda Mike.

Tasha se retourna juste à temps pour apercevoir la Thunderbird tourner à gauche et disparaître.

– Bizarre, murmura-t-elle.
– Qu'est-ce que tu trouves bizarre?

– Pendant une minute, j'ai eu l'impression qu'on nous suivait.

Mike haussa les épaules.

– Une coïncidence, probablement. Et rien ne dit que c'était la même voiture.

– C'est vrai.

Ils étaient arrivés dans la rue de Lucille Marcuse. Mike se gara à quelques maisons de la grande demeure en pierre.

– Qu'est-ce qu'on fait à présent ?
– On attend.
– On attend quoi ?

Tasha n'en était pas sûre.

– Il faut simplement éliminer quelques hypothèses. Hé ! regarde !

Un garçon de l'âge de Mike remontait le chemin dallé qui menait au perron des Marcuse.

– Albert Simmons ? fit Mike.
– Je parierais que oui.

Ils regardèrent le garçon sonner à la porte, attendre, sonner encore. Et encore. Après la troisième tentative, il descendit le perron et traversa la pelouse pour aller coller son nez contre la grande fenêtre, mais apparemment sans succès. Il retourna vers la porte d'entrée, remonta les marches et se remit à sonner. Finalement, il se résigna à quitter les lieux, non sans se retourner tous les trois pas pour regarder la maison. Il semblait perplexe.

– Est-ce qu'on peut partir ? demanda Mike. Ou est-ce qu'on attend quelque chose en particulier ?

– On attend.

Au bout d'une demi-heure, un autre élève s'engagea dans l'allée des Marcuse. Une fille, cette fois, qui devait avoir onze ou douze ans. Elle répéta le même manège qu'Albert Simmons, excepté qu'elle redescendit l'allée en arborant un large sourire.

– En voilà une qui ne regrette pas sa leçon de piano hebdomadaire, commenta Mike.

Trente minutes plus tard, exactement, un autre enfant arriva devant la maison, remonta l'allée, sonna à plusieurs reprises et rebroussa chemin.

– Madame Marcuse semble être quelqu'un qui prend son travail au sérieux, dit Tasha. Quelqu'un de très exigeant avec ses élèves. Tu l'as entendue – elle leur demande d'arriver cinq minutes avant l'heure.

– Elle pourrait pratiquer ce qu'elle exige.

– Exactement. Elle a filé à cause de quelque chose que nous avons dit, ça je le parierais aussi.

– Mais où est-elle allée ? demanda Mike.

– Partie prévenir quelqu'un, peut-être.

– Mais qui ? Et pourquoi ne pas l'avoir appelé au téléphone, plutôt que de partir comme une furie je ne sais où ? Il y a quelque chose qui m'échappe.

– Moi aussi, dut admettre Tasha. Mais c'est notre seule piste.

– On s'en va ? Ou on attend encore ?

– On attend, répondit Tasha. Peut-être qu'elle est passée prendre la personne à qui elle voulait parler. Et qu'elle va la ramener ici.

– Ce serait un sacré coup de chance. Elle a peut-être reçu un coup de fil après notre départ. Pour la prévenir de quelque chose, un accident. Peut-être que son mari a eu un problème…

Une autre fillette remontait le sentier dallé. Elle sonna à la porte. Au même moment arriva une auto qui vint se garer dans l'allée. Un homme en complet sombre en sortit. Il fit un signe à la fillette, qui lui cria quelque chose. L'homme fronça les sourcils et se dirigea vers la porte d'entrée. Il fouilla dans sa poche, en sortit une clef qu'il introduisit dans la serrure.

– Ce doit être monsieur Marcuse, fit Mike.

L'homme ouvrit la porte et disparut à l'intérieur. Une minute plus tard, il réapparut sur le perron, perplexe. Il parlait à la fillette tout en examinant la feuille de papier qu'il tenait à la main. La fillette hocha la tête. Ils échangèrent encore quelques mots, puis l'élève tourna les talons et redescendit le sentier. Monsieur Marcuse retourna vers le garage, ouvrit la porte et constata qu'il était vide.

– Allons-y! dit Tasha.

– Où ça ?

– À toi de jouer à présent. Albert Simmons entre en scène. Un Albert Simmons pas content du tout.

Mike la regarda d'un air complètement ahuri.

– Je ne comprends pas.

– Viens. Je vais t'expliquer.

– Madame Marcuse n'est pas là ? demanda Mike à M. Marcuse d'un air contrarié.

Il jouait son rôle à merveille.

– Comment se fait-il qu'elle ne soit pas là ? Nous

avions rendez-vous pour discuter des leçons. C'était convenu. Elle a même insisté pour que j'arrive quelques minutes à l'avance.

– Oui, je comprends bien, monsieur... ?

– Simmons. Albert Simmons, répondit Mike avec toute la raideur voulue. J'avais pourtant l'impression que madame Marcuse était quelqu'un de sérieux. On m'avait dit que c'était un professeur très rigoureux.

– Mais c'est le cas, répondit M. Marcuse, visiblement très embarrassé. Je suis désolé de ce contretemps, mais ma femme a dû avoir un imprévu.

Il fixait le papier qu'il tenait à la main comme s'il recelait un profond mystère.

– Je vais lui dire que vous êtes passé. Et lui demander de vous appeler pour fixer un autre rendez-vous.

– Vous ne savez pas où elle est ? demanda Tasha. Albert doit partir ce soir pour plusieurs jours. Si on pouvait joindre madame Marcuse avant son départ...

Monsieur Marcuse secoua la tête.

– J'ai bien peur qu'il n'y ait pas de téléphone là où elle est, dit-il. Mais je vais lui demander de vous rappeler dès son retour. Vraiment, je suis désolé de ce désagrément.

Quand ils eurent regagné la voiture, Mike se tourna vers Tasha.

– Est-ce qu'on s'en va, *maintenant* ? demanda-t-il. Je commence à avoir faim.

– Ce ne sera pas long, promit Tasha.

Une heure et demie plus tard, ils attendaient encore. Le soleil était presque couché lorsque la décapotable verte surgit au coin de la rue. Lucille Marcuse vint se garer dans l'allée, derrière l'auto de son mari, et rentra précipitamment dans la maison.

– On s'en va, gémit Mike. Je meurs de faim.

– Dans une minute, répondit Tasha en ouvrant sa portière.

– Où vas-tu ?

– Examiner sa voiture.

– Pour quoi faire ?

Tasha ne le savait pas vraiment. Pour trouver un signe, un indice qui pourrait lui permettre de deviner où avait bien pu aller Lucille Marcuse. Elle sortit de la voiture et remonta le trottoir d'un pas nonchalant. Elle ralentit en arrivant devant l'allée des Marcuse, et jeta un coup d'œil à la ronde. Personne en vue. Elle se faufila jusqu'à la décapotable pour mieux l'inspecter. Sans résultat.

Dépitée, elle serra les poings. Il y avait de toute évidence quelque chose d'étrange dans le comportement de Lucille Marcuse. Même son mari avait paru surpris. Où était-elle partie si précipitamment, et pourquoi avait-elle réagi si violemment ?

C'était frustrant, cette intuition que quelque chose clochait sans pouvoir rien faire pour l'expliquer. Frustrant au point de vouloir flanquer un bon coup de pied dans le premier objet venu – le pneu de la décapotable, par exemple. Elle l'aurait fait si le pneu en question n'avait pas été couvert de boue.

18

Mike avait à peine coupé le contact que tante Cynthia sortit en trombe de la maison et courut vers eux.

– Tasha, Dieu merci! cria-t-elle. Je me demandais où tu étais!

Tasha se hâta de la rejoindre. Tante Cynthia devenait vraiment très mère poule.

– Mike et moi sommes allés parler à quelqu'un, expliqua-t-elle. Une femme dont le père travaillait au Café...

– Oh! Tasha! reprit tante Cynthia d'une voix angoissée. Ton père...

Tasha sentit son estomac se nouer devant le visage défait et les yeux affolés de sa tante.

– Qu'est-ce qui ne va pas, tante Cynthia? Il est arrivé quelque chose à papa?

– Il est à l'hôpital.

Le cœur de Tasha s'arrêta presque de battre.

– Ils m'ont parlé d'un accident, reprit tante Cynthia, mais je n'en sais pas plus. Ils n'ont pas voulu m'en dire davantage.

– Mais il va bien quand même ? demanda Tasha. Ce n'est pas grave, hein ?

Mike, qui était resté dans la voiture, se retourna pour ouvrir la portière arrière.

– Montez, mademoiselle Jarvis. Je vous emmène toutes les deux à l'hôpital.

※

Un agent armé montait la garde devant la porte de la chambre de Leonard Scanlan. Il refusa de laisser entrer Tasha sans avoir au préalable appelé le poste de police pour recevoir des instructions.

– J'ai bien peur que tu doives attendre, lui dit-il quand il eut parlé à ses supérieurs.

– Attendre ?

Maintenant qu'elle était si près de lui, jamais elle ne pourrait attendre ne serait-ce que quelques secondes de plus pour voir comment il allait.

– Si mon père a été blessé, je veux le voir.

– Je comprends, répondit l'agent de police. Mais tu ne peux pas le voir maintenant. Pourquoi ne vas-tu pas t'asseoir dans la salle d'attente ? Je te ferai signe dès que tu pourras entrer.

Tasha n'aurait pas bougé d'un centimètre si tante Cynthia et Mike ne lui avaient pas pris chacun un bras pour l'emmener. Elle eut la surprise de trouver Denny Durant qui faisait les cent pas dans la petite salle d'attente.

– Qu'est-ce que vous faites ici ? demanda-t-elle.
– La même chose que toi. J'attends. Les policiers étaient dans mon bureau quand on les a prévenus. Il est arrivé quelque chose à ton père, petite, et ils n'ont pas voulu me dire quoi.

Tasha se laissa machinalement tomber dans une des chaises de plastique, en essayant de ne pas penser au pire.

Au bout d'une éternité, les inspecteurs Marchand et Pirelli firent leur apparition, Maître Brubaker sur leurs talons.

Tasha bondit sur ses pieds.

– Qu'est-il arrivé ? demanda-t-elle. Pourquoi est-ce que je ne peux pas voir mon père ?
– Mais si, tu le peux, répondit l'inspecteur Marchand. Dans une minute. Nous voulons d'abord te parler, pour te prévenir.

Tasha jeta un regard éperdu à sa tante.

– Qu'est-ce que c'est censé vouloir dire ? demanda celle-ci d'un ton cinglant. Qu'est-il arrivé à Leonard ?

L'inspecteur Marchand, à la grande surprise de Tasha, lança un regard à Maître Brubaker qui ressemblait à un appel à l'aide.

– Peut-être vaut-il mieux que tu t'assoies, Tasha, dit l'avocat d'un ton grave.

Tasha sentit ses jambes se dérober sous elle. *Peut-être vaut-il mieux que tu t'assoies.* C'était l'expression consacrée, à la télévision ou dans les films, avant l'annonce d'une terrible nouvelle, une maladie fatale ou un décès, par exemple. Elle s'accrocha au bras de Mike pour ne pas tomber.

– Je crois qu'elle préfère rester debout, dit celui-ci.

Maître Brubaker n'insista pas.

– Ton père… comme tu peux l'imaginer, a été très secoué par ce qui s'est passé. Il s'est fait énormément de souci pour toi, et il s'inquiète pour ses restaurants.

– Quoi, les restaurants ? Je suis là, non ? l'interrompit Denny Durant d'un air vexé.

– On ne peut pas dire que leur santé financière soit florissante, enchaîna Maître Brubaker. Leonard a eu peur qu'avec son arrestation, ils ne fassent faillite.

Tasha attendit que Denny contredise l'avocat, mais il s'en abstint.

– Ça n'a pas été facile ces derniers temps, c'est vrai, admit Denny. Mais jamais je ne laisserai la chaîne faire faillite. Pas question.

Tasha avait entendu à plus d'une occasion son père affirmer que Denny ne connaissait strictement rien à la gestion des restaurants. Pas étonnant qu'il se soit inquiété.

Maître Brubaker se tourna vers elle.

– Il s'est fait du souci pour toi aussi, Tasha. Il craint que tout cela t'affecte. J'ai peur qu'il ne se sente responsable…

– *Responsable* ? l'interrompit Tasha. Vous voulez dire qu'il a vraiment fait ce dont on l'accuse ?

– Non, pas du tout, répondit l'avocat en secouant la tête. Je veux dire qu'il regrette de s'être disputé avec ta mère et de l'avoir laissée partir ce soir-là.

Il regrette de ne pas l'avoir soutenue quand elle a voulu laisser la restauration pour un temps.

Il regarda Tasha pendant un moment avant de reprendre :

– Ce n'est jamais facile d'annoncer ça, tu sais. Il semble que ton père ait tenté de se suicider.

Si Mike ne l'avait pas fermement soutenue, Tasha se serait effondrée. Il la fit reculer vers une des chaises où il l'aida à s'asseoir.

Tout se mit à tourner autour d'elle, tandis qu'elle s'efforçait de saisir ce que Maître Brubaker venait de lui dire. Elle essayait d'imaginer le désespoir dans lequel son père avait dû sombrer pour envisager le suicide. Il lui avait paru si angoissé la dernière fois qu'elle l'avait vu. Si seulement il avait été libéré sous caution ! Elle était persuadée que s'il avait pu rentrer à la maison plutôt que de croupir dans une cellule, les choses auraient été plus faciles pour lui.

– Comment va-t-il ? demanda-t-elle lentement. Est-ce qu'il s'est... gravement blessé ?

– Non, répondit Maître Brubaker. Quelqu'un s'est aperçu de ce qui se passait avant que les choses n'aillent trop loin. Mais il est sous sédatifs, et ils veulent le garder en observation toute la nuit.

– Est-ce que je peux le voir ?

– Bien sûr, répondit l'inspecteur Marchand. Nous voulions seulement t'apprendre ce qui s'est passé. Bien sûr que tu peux le voir.

Tasha eut l'impression de marcher dans les couloirs de l'hôpital sur des jambes qui ne lui appartenaient pas. Tout semblait si irréel : le trajet vers la chambre, le mouvement brusque de l'agent en faction qui se leva d'un bond pour lui ouvrir la porte, la main fraîche de sa tante posée sur son bras tandis qu'elle franchissait le seuil, la triste chambre d'hôpital dont la minuscule fenêtre était munie de barreaux.

Leonard Scanlan gisait sur le lit d'hôpital, les yeux clos et le visage aussi pâle que son oreiller. Il semblait amaigri, et elle devina qu'il n'avait guère mangé ces derniers jours, mais ne put déceler aucun signe de blessure. Elle s'approcha du lit sur la pointe des pieds et posa la main sur la sienne. La chaleur qui s'en dégageait la rassura.

– Papa ?

Il battit des paupières, et dès qu'il la vit, ses yeux s'emplirent immédiatement de larmes.

– Tasha...

– Tout va bien, papa, chuchota-t-elle, en pleurant elle aussi.

Elle essuya ses larmes du revers de la main et essaya d'avoir l'air courageuse. Elle se pencha pour l'embrasser, et le fait qu'il réponde avec vigueur à son étreinte la réconforta. Quand elle se releva, elle remarqua quelque chose d'étrange sur son cou, une marque rouge qui semblait en faire le tour, comme s'il s'était...

Son père porta brusquement la main sur le col de sa chemise d'hôpital pour se couvrir le cou.

– Comment te sens-tu, papa ? Est-ce que ça va ?
Leonard Scanlan hocha légèrement la tête.
– Tasha, je suis désolé. Je voulais juste...
Sa voix se brisa pour n'être plus qu'un murmure.
– Tu ne peux pas savoir, Tasha, ce que c'est que vivre ça.
– Je sais, répondit-elle, même si elle avait du mal à imaginer à quoi avait pu ressembler sa vie depuis son arrestation.
– Il y a autre chose, Tasha, reprit son père. Une chose dont j'espérais que tu n'aurais jamais à t'inquiéter...
– Si ce sont les restaurants qui te donnent du souci, Leonard, intervint tante Cynthia en s'approchant du lit, je serais ravie de t'aider. J'en connais un petit rayon, question restauration, tu sais.
Leonard Scanlan lança un regard plein de gratitude à sa belle-sœur.
– Tu ferais ça pour moi ?
– Avec grand plaisir. Et ne t'inquiète pas pour Tasha. C'est une jeune fille solide. Forte et déterminée. Elle tiendra le coup.
Une autre larme roula sur la joue de Leonard Scanlan. Il serra la main de Tasha.
– Assieds-toi, mon petit, dit-il. Reste un moment avec moi.
Tasha lança un regard à l'inspecteur Marchand, restée sur le seuil de la chambre, qui hocha la tête. Elle tira une chaise près du lit, s'assit et prit la main de son père dans la sienne.

Quand vint le moment de partir, elle protesta. Pourquoi ne la laissait-on pas passer la nuit près de son père ? Pourquoi devait-elle le laisser tout seul ? Ça ne la dérangeait pas de rester toute la nuit assise sur une chaise. Elle était prête à le veiller debout sur un pied, du crépuscule jusqu'à l'aube, si cela pouvait lui faire du bien. Mais l'infirmière invoqua les règles de l'établissement, et l'inspecteur Marchand ajouta qu'en pratique, son père était encore en détention. En plus, ajouta-t-elle gentiment, il dormait à présent profondément.

Tasha posa un baiser sur la joue creusée de son père et sortit de la chambre.

❦

Tante Cynthia était dans la salle d'attente, en grande conversation avec Denny Durant. Elle se leva en voyant arriver Tasha.

– Je racontais justement à Denny quelle fille déterminée tu étais, dit-elle, et tout ce que tu faisais pour aider ton père.

– Où est Mike ? demanda Tasha.

Tante Cynthia haussa les épaules.

– Il a dit qu'il revenait tout de suite, mais ça fait déjà un moment.

– Je peux vous déposer chez vous, proposa Denny.

– Non, merci, répondit Tasha.

C'était peut-être injuste, mais elle lui en voulait encore. Tout le temps qu'elle était restée assise au chevet de son père, elle s'était imaginé Denny en train de parler aux policiers, de leur raconter combien son père avait un tempérament colérique. Elle eut beau se souvenir de son témoignage à l'audience de la veille, rien n'y fit.

– Je peux appeler un taxi, proposa tante Cynthia.
– Qui parle de taxi ? lança derrière eux une voix familière.

Tasha se retourna. C'était Mike.

– Désolé, fit celui-ci. Mais j'ai pensé que vu qu'on était sur place, autant en profiter pour aller voir madame Mercer.

Tasha sentit son pouls accélérer.

– Et comment va-t-elle ?

Elle sentit dans son cou la respiration de Denny Durant, qui s'était avancé pour entendre la réponse.

L'expression de Mike n'annonçait rien de bon.

– Ni mieux, ni pire, dit-il. Les infirmières n'ont rien voulu me dire. Mais une dame dans la chambre voisine – madame Delvecchio, qui est ici pour une prothèse de la hanche – m'a raconté qu'elle avait entendu des aides-soignantes parler de madame Mercer. Elles ont dit qu'elle pouvait encore sortir du coma, mais que les chances étaient minces. Et comment va ton père, Tasha ?

Tasha secoua la tête.

– Viens, dit Mike. Je vous ramène chez vous.

Tasha resta dans la voiture avec Mike très longtemps après que tante Cynthia fut rentrée dans la maison.

– Tu n'as même pas mangé, dit-elle. Je suis désolée.

– Ne t'en fais pas, répondit-il en prenant sa main dans la sienne. Je suis allé à la cafétéria de l'hôpital. Et c'est un miracle que les patients puissent sortir de là, vu la bouffe qu'on leur sert. Comment peut-on survivre à un menu pareil? La résistance humaine m'émerveillera toujours.

Il lui lança un sourire malicieux.

– Tu t'inquiètes pour ton père, n'est-ce pas? enchaîna-t-il d'un ton plus grave.

À l'évocation de son père, Tasha sentit son cœur se serrer.

– Je crois... j'ai peur qu'il ait abandonné la partie, chuchota-t-elle.

Mike garda le silence. Il attendit qu'elle soit en mesure de continuer.

– Il faut que je fasse *quelque chose*, reprit-elle. Il faut trouver un moyen de l'aider.

Elle s'enfonça dans le siège et leva les yeux vers les étoiles qui scintillaient dans un ciel d'encre.

– Il y avait de la boue sur ses pneus.
– Quels pneus?
– Ceux de Lucille Marcuse. Il n'a pas plu depuis des jours, mais quand elle est rentrée de je ne sais où, ses pneus étaient couverts de boue.

Mike prit le temps d'assimiler la nouvelle.

– Ça fait des semaines qu'il n'est pas tombé une goutte d'eau dans tout le sud de l'Ontario. Combien de temps est-elle partie?

– Deux heures et demie. Peut-être trois.

– Ce qui veut dire une heure et quart aller, une heure et quart retour, au maximum.

Il réfléchit un moment.

– Elle a pu aller au bord d'un lac... ce qui expliquerait la boue. Ou alors dans une région agricole.

– Agricole ?

– Quelque part au nord de la ville. Un endroit où ils font de l'irrigation. Ou bien de la culture en serres. Ou bien...

– Bref, tu es en train de dire qu'on n'a aucune idée de l'endroit où elle a pu aller.

Mike haussa les épaules.

– C'est exactement ça.

Ils restèrent un instant silencieux.

– Mais pourquoi ? reprit Tasha. Qu'est-ce qui a bien pu la pousser à partir si vite ? Elle n'a même pas pris le temps de prévenir ses élèves. Elle n'a même pas appelé son mari. Pourquoi ?

– Souviens-toi de ce qu'a dit monsieur Marcuse quand on lui a demandé, enfin quand Albert Simmons lui a demandé si on pouvait la joindre pour fixer un autre rendez-vous. Il a répondu qu'il n'y avait pas le téléphone là où elle était.

Tasha se redressa brusquement.

– Tu penses à la même chose que moi, non ? Elle sait qui a tué ma mère ! Ou elle connaît *quelqu'un* qui sait quelque chose. Et elle s'est précipitée pour aller prévenir cette personne que toi et moi on fourrait un peu trop notre nez dans leurs affaires... C'est une possibilité, n'est-ce pas ?

– Plus qu'une possibilité, si tu veux mon avis. Ça expliquerait parfaitement pourquoi elle a agi si bizarrement.

– Si seulement on pouvait savoir où elle est allée et qui elle a pu prévenir.

– Veux-tu retourner chez elle demain pour lui reparler ? demanda Mike.

– Elle n'a rien voulu nous dire aujourd'hui. Pourquoi changerait-elle d'avis demain ? À moins que… Dis donc, ce truc que tu es en train de fabriquer pour ta grand-mère… tu me suis ?

Mike se mit à sourire.

– Je crois bien que oui.

19

Tasha jeta un coup d'œil par-dessus son épaule, mais ne put apercevoir la voiture de Mike, garée plusieurs maisons plus loin. Elle s'emplit les poumons de l'air frais du matin, en regrettant d'avoir été trop timide pour se présenter aux auditions du club de théâtre, l'année dernière. Avec un peu d'expérience de la scène, peut-être se sentirait-elle moins nerveuse aujourd'hui. Peut-être pourrait-elle marcher avec assurance jusqu'à la grande maison en pierre, frapper à la porte sans hésitation et jouer son rôle avec conviction.

Peut-être.

Mais elle ne s'était pas présentée aux auditions du club de théâtre. Elle avait eu peur que sa performance ne trompe personne. Son père lui avait si souvent répété qu'elle ne savait pas mentir. « On peut lire sur ton visage, disait-il. Si tu veux un conseil, ne joue jamais au poker pour de l'argent. Tu y perdrais ta chemise. »

Mais aujourd'hui, on ne jouait pas pour quelque chose d'aussi insignifiant que de l'argent. L'enjeu était bien plus important. Si important que ses genoux s'entrechoquaient presque lorsqu'elle s'engagea sur le sentier dallé.

« Ressaisis-toi, se dit-elle. Tu ne peux pas te permettre de cafouiller. Si tu n'arrives pas à convaincre Lucille Marcuse que tu penses vraiment ce que tu dis, tu perdras ta dernière chance de faire libérer ton père. »

Elle s'obligea à regarder droit devant elle en approchant de la porte, même si elle brûlait de jeter un coup d'œil à la voiture garée dans l'allée. Mike avait-il fixé comme il le fallait son mouchard? Est-ce qu'on pouvait le voir? Lucille Marcuse allait-elle remarquer quelque chose au moment de monter dans sa voiture? À supposer bien sûr qu'elle-même parvienne à la convaincre de le faire.

Peut-être que Lucille avait vu Mike se faufiler dans l'allée un peu plus tôt? Peut-être qu'elle se doutait qu'il se tramait quelque chose?

« Regarde devant toi, se dit Tasha. Ne tourne pas la tête, ne pense pas, et contente-toi de réciter ton rôle. »

Le soleil faisait étinceler les chiffres de laiton au-dessus du cadre de la porte. Tasha appuya sur le bouton de la sonnette et attendit.

Les secondes s'égrenèrent. Elle avait les paumes moites. Elle s'apprêtait à resonner quand la porte s'ouvrit brusquement.

Lucille Marcuse, le visage crispé par la colère, la dévisageait.

– Qu'est-ce que tu fais ici ? Je t'ai dit que je ne savais rien. Et que j'allais appeler la police si tu remettais les pieds chez moi. Tu crois que j'en suis incapable ?

La nervosité de Tasha disparut comme par enchantement. Elle voulait lui faire peur ? Eh bien qu'elle essaie !

– Allez-y, appelez-les donc, répliqua-t-elle. Je voulais vous donner quelques heures de délai, mais si vous préférez les voir tout de suite, ne vous gênez pas !

Comme prévu, le coup porta.

– Que veux-tu dire ? De quoi tu parles ?

– Je sais où vous êtes allée hier.

Lucille Marcuse battit en retraite et commença à refermer la porte.

– Mon ami et moi, on vous a vue quitter la maison, lança Tasha. Et on vous a suivie.

Lucille Marcuse devint blême.

– Dans ce cas, pourquoi n'es-tu pas allée voir la police ?

– Votre père et ma mère étaient amis. Bons amis. C'est pour ça que j'ai préféré venir vous parler avant, pour vous donner la chance de faire votre devoir. Je veux que vous alliez tout raconter aux policiers...

– Jamais ! aboya Lucille Marcuse. Tu ne peux rien prouver !

– Je vous donne trois heures, reprit Tasha en jetant un coup d'œil à sa montre. Ou vous allez au poste de police d'ici midi pour tout leur raconter, ou c'est moi qui vais le faire. Je leur dirai exactement où vous êtes allée et qui vous avez vu là-bas. Je regrette pour votre père, madame Marcuse, mais mon père *à moi* est accusé d'un crime qu'il n'a pas commis. Et je dois faire tout ce que je peux pour l'aider.

Elle tourna les talons sans attendre une réponse et partit d'un bon pas dans la direction opposée à celle par laquelle elle était venue. Elle sentit le regard de Lucille Marcuse la suivre jusqu'à ce qu'elle soit tout à fait hors de vue. Puis, elle attendit Mike à l'endroit convenu.

Cinq minutes passèrent. Puis cinq autres. Et si Lucille Marcuse n'avait pas mordu à l'hameçon ? Et si elle était tout simplement rentrée dans sa belle maison pour s'installer devant son piano ? Et si leur plan avait échoué ?

❧

Tasha se rongeait les sangs en faisant les cent pas sur le trottoir. La voiture de Mike apparut enfin. Tasha courut à sa rencontre et s'y engouffra.

– Ça a marché ?

– Je crois que oui. Elle a sauté dans sa décapotable il y a deux minutes et elle est partie en trombe. Sans s'occuper des limites de vitesse.

Il ouvrit le couvercle du portable installé entre lui et Tasha.

– Peux-tu la voir ?

Un petit point blanc clignotait sur l'écran.

– On dirait un radar dans une tour de contrôle, dit Tasha. En mieux. Je peux suivre sa position exacte.

Mike avait intégré un programme avec le plan complet de la ville.

– Et si jamais elle sort des limites du plan ?

– Pas de problème. Tant qu'elle reste à l'intérieur de la municipalité. Si elle quitte la ville, par contre, il faudra se débrouiller tout seuls. Mais il y aura moins de routes, moins de carrefours. Elle sera plus facile à suivre. C'est du moins ma théorie.

Comme Mike l'avait prédit, ce fut un jeu d'enfant de suivre Lucille Marcuse en direction du nord. Mais soudain, le petit point blanc franchit les limites du plan et Tasha dut s'efforcer de le suivre dans un territoire sans repères familiers.

– Où sommes-nous ? demanda-t-elle en levant les yeux de l'écran qu'elle fixait depuis trente minutes.

– On arrive à Holland Landing. Si elle va au même endroit que la dernière fois, ajouta-t-il après avoir jeté un coup d'œil à sa montre, on ne doit plus être très loin. Cela fait près d'une heure qu'on roule.

– Elle prend un léger virage à gauche.

– La route aussi. Préviens-moi si elle change brusquement de direction.

Ce ne fut pas le cas. Ils restèrent sur la route à deux voies et s'enfoncèrent de plus en plus dans la campagne. Puis, soudain, l'écran devint tout noir.

– Ça ne marche plus, s'écria Tasha. L'écran s'est éteint !

– Remets-le en marche, répondit Mike sans se démonter.

Tasha le regarda, tout agitée.

– Réinitialise-le. Ça va repartir.

Elle appuya sur les touches *control/alt/delete*, et entendit l'ordinateur redémarrer. Les lumières clignotèrent et l'écran s'éclaircit.

– À présent, tape *plan.ext*.

Tasha obéit. Et soudain, le plan et le petit point blanc réapparurent.

– Maintenant, continua Mike toujours imperturbable, dis-moi où elle est.

– À l'est. Elle se trouve à l'est, en ligne droite.

Mike ralentit.

– Qu'est-ce que tu fais ? demanda Tasha, soudain inquiète. On va perdre sa trace.

– C'est trop dégagé ici. Il ne faut pas qu'elle puisse nous repérer.

Tasha regarda autour d'elle. Les champs qui s'étendaient des deux côtés de la route étaient fraîchement labourés, ou il n'y poussait que de l'herbe ou du trèfle. Rien de bien haut. Et à part quelques haies d'arbres plantées pour couper le vent, le paysage était assez plat pour que le regard puisse embrasser de grandes distances. De temps à autre, ils passaient devant une grange peinte en rouge ou en gris à côté d'une maison en pierre. Mais la plupart des fermes se dressaient à distance, le long des routes.

– Il faut faire attention à ce qu'elle ne nous voie pas, mais nous, au moins, on pourra la voir.

Tasha hocha la tête.

– Ça a l'air si paisible, ici.

Elle baissa sa vitre pour prendre une bouffée de grand air. Elle se sentait si bien qu'elle ne remarqua pas tout de suite que la décapotable verte de Lucille Marcuse avait changé de direction.

– Elle a tourné, s'écria-t-elle. Elle a changé de direction !

– Ouvre l'œil, dit Mike. Il doit y avoir une intersection tout près.

Tasha se pencha en avant.

– Là ! cria-t-elle enfin. Il y a une route... Et j'aperçois sa voiture, ajouta-t-elle quand ils arrivèrent à l'intersection. Il m'a semblé la voir, en tout cas.

La voiture avait disparu.

Mike tourna à gauche et ralentit encore l'allure une fois engagé sur la toute petite route.

– Qu'est-ce que tu vois sur l'écran ? demanda-t-il.

– Elle a tourné à droite... Attends. Hé ! on dirait qu'elle s'est arrêtée !

Tasha leva la tête.

– Il y a une ferme juste à droite.

Mike appuya sur l'accélérateur.

– Qu'est-ce que tu fais ? cria Tasha alors qu'ils passaient à toute allure devant une vieille ferme.

La voiture de Lucille Marcuse était garée devant.

– Nous sommes deux voyageurs que Lucille Marcuse ne connaît pas et qui poursuivent leur route vers leur destination, répondit Mike.

– Pardon ?

– Tasha, si nous nous arrêtons maintenant, elle va nous repérer. Et on ne saura jamais ce qu'elle est venue faire ici.

– Tu as raison.

La route se mit à descendre en pente douce. La ferme était maintenant hors de vue. Mike se gara sur le bas-côté.

– Il va falloir marcher jusque là-bas, dit-il. Et faire attention à ne pas se faire voir.

Ils sortirent de voiture et évaluèrent le trajet.

– Il faudrait couper à travers champs, par là, dit Tasha.

Elle repéra un bouquet d'érables et de chênes à l'extrémité du champ, tout près de la ferme.

– En restant derrière ces arbres, on va peut-être y arriver, ajouta-t-elle.

Mike acquiesça d'un signe de tête. Ils se courbèrent pour se faire le plus discrets possible et se mirent à courir vers le couvert des arbres. Une fois arrivés, ils n'étaient plus qu'à vingt ou trente mètres de la cour où était garée la voiture de Lucille Marcuse.

Ils s'abritèrent derrière le tronc d'un gros chêne et aperçurent Lucille Marcuse disparaître dans une vieille grange.

– La personne qu'elle est venue prévenir doit se cacher là-dedans, chuchota Tasha.

Mike hocha à nouveau la tête.

– Bon, qu'est-ce qu'on fait maintenant ? demanda-t-il après une minute de réflexion. On va carrément les voir ? Ou bien on reste cachés pour suivre ce qui se passe et aller raconter ça à la police ?

– Ni l'un ni l'autre. Il faut absolument savoir qui elle est venue rencontrer. Et ensuite essayer de voir de quoi il retourne, pour avoir quelque chose à dire aux policiers.

Mike acquiesça.

– Allons-y, fit-il.

— *C'est moi* qui y vais, trancha Tasha. Tu restes ici.

— Mais ça peut être dangereux.

— Raison de plus pour que tu restes ici. S'il arrive quelque chose, autant qu'il n'y en ait qu'un qui coure le risque. Comme ça, l'autre pourra aller chercher de l'aide.

— D'accord, répondit Mike. Sauf que c'est toi qui restes là...

Tasha secoua la tête.

— Ça concerne mon père, Mike. C'est à moi d'y aller.

Il commença à protester, mais elle lui fit signe de se taire d'un geste de la main.

— Nous perdons du temps.

Elle jeta un coup d'œil à la ronde et sortit à découvert.

— Sois prudente, chuchota Mike derrière elle.

Elle garda ce conseil à l'esprit tandis que courbée en deux, elle traversait la cour en courant. Elle franchit les derniers mètres sur la pointe des pieds et une fois arrivée à la grange, colla son oreille contre le vieux portail battu par les intempéries. Pas un bruit. Elle poussa un des panneaux et jeta un coup d'œil dans l'entrebâillement. Rien qu'une grange déserte. Elle se glissa promptement à l'intérieur et attendit, en retenant son souffle.

Des voix. Assourdies. Elle tendit l'oreille et s'approcha. Les voix devinrent audibles. Elle reconnut celle de Lucille Marcuse qui parlait avec un homme.

— Écoute-moi. Tu dois partir immédiatement. Elle sait tout. Elle va aller le raconter à la police.

– Si elle sait tout, c'est parce que tu as paniqué, répliqua la voix de l'homme.

Celui-ci ne semblait pas fâché, ce qui déconcerta Tasha. À sa place, elle aurait été furieuse d'avoir été trahie par la stupidité de quelqu'un d'autre. Mais l'homme parlait plutôt d'un ton las.

– Je sais, et je le regrette, répondit Lucille Marcuse.

Tasha s'enfonça davantage dans la pénombre de la grange.

– Mais on ne peut plus revenir en arrière. Tu dois partir d'ici. Sur-le-champ. Il n'y a plus de temps à perdre.

Tasha aperçut au fond une autre porte, entrouverte, aussi branlante que le reste du bâtiment. Elle s'en approcha sur la pointe des pieds, en osant à peine respirer. Elle put enfin se glisser dans l'entrebâillement. Devant elle s'étendait une autre section de la grange, qui avait dû être une écurie. Les stalles étaient aujourd'hui désertes et l'endroit sentait le moisi. Tasha aperçut Lucille Marcuse. L'homme à qui elle parlait lui tournait le dos.

– Ma voiture est dehors. Va ramasser tes affaires. Je t'emmène à l'aéroport.

– Et pour aller où ? demanda l'homme.

Il était grand et mince et portait un chapeau qui lui couvrait si bien le crâne que Tasha ne pouvait distinguer la couleur de ses cheveux. Aussi jaune qu'un bouton-d'or, à coup sûr. Elle aurait voulu que l'homme se tourne légèrement sur le côté pour voir s'il portait un tatouage sur le visage.

– Ça n'a pas d'importance, répondit Lucille. Le principal, c'est que tu partes d'ici. Et sans tarder.

Lucille Marcuse fit un pas vers l'homme et lui saisit la main. C'était une main de vieillard, fripée et tavelée. Tasha recula précipitamment pour ne pas se faire voir, mais elle trébucha et perdit l'équilibre. Elle battit des bras pour essayer de trouver un point d'appui où s'accrocher, mais sans succès. Elle tomba lourdement par terre, en fermant les yeux au moment de toucher le sol. Quand elle les rouvrit, ce fut pour découvrir, penché sur elle, le visage buriné d'Evart Horstbueller.

— Natasha !

Il avait chuchoté son nom si bas qu'on aurait dit un soupir.

Tasha inspectait le vieux visage tanné d'Evart Horstbueller. C'était bien lui. Ses yeux ne lui jouaient pas un tour. Elle chercha à se relever, et il lui tendit la main pour l'aider.

— Je pensais…, commença-t-elle.

— On se fiche de ce que tu penses ! coupa Lucille Marcuse, d'un ton aussi glacial que l'éclat métallique du revolver qu'elle brandissait.

Tasha écarquilla les yeux. Elle n'avait jamais vu de revolver auparavant, et encore moins braqué sur elle. Evart Horstbueller suivit son regard et fit claquer sa langue en signe de réprobation.

— Grand Dieu, Lucille, ce n'est qu'une gamine. Range-moi cet engin avant de blesser quelqu'un !

Mais Lucille maintint l'arme braquée.

– C'est peut-être une gamine, mais ça ne veut pas dire qu'elle ne soit pas dangereuse. Si elle ignorait que tu étais toujours vivant, maintenant elle le sait. Il faut partir, père. Tu ne peux plus rester ici.

Les idées se télescopaient dans la tête de Tasha. Tout le monde lui avait dit qu'Evart Horstbueller était mort cinq ans auparavant, un peu après la disparition de sa mère. Et il se tenait là, juste devant elle. Et sa fille, qui braquait un revolver sur Tasha, implorait son père de partir. Tout cela ne pouvait signifier qu'une chose.

– C'est *vous* ! s'écria-t-elle. C'est vous qui avez tué ma mère. Et vous avez fait le mort pour échapper à la justice !

Quelque chose ne collait pas.

– Mais *pourquoi* ? Ma mère vous aimait bien. Elle vous respectait. Et je croyais que vous l'aimiez bien aussi. Pourquoi avez-vous fait ça ?

Evart Horstbueller la dévisageait de ses yeux pâles et tristes.

– Natasha...

– Rentre dans la maison, père. Va faire tes valises. Je vais m'occuper d'elle.

– T'occuper d'elle ? lança Evart Horstbueller d'un air dégoûté. Qu'est-ce que tu comptes faire ? L'abattre ?

– Je vais l'enfermer dans la grange au tracteur. Ça te donnera le temps de filer.

– Et ensuite ? répliqua-t-il.

Tasha remarqua une fois de plus à quel point il semblait las.

– Tu ne peux pas la garder éternellement là-dedans. Il faudra bien que tu la libères à un moment donné. Et une fois dehors, elle ira tout droit à la police.

– Peut-être, concéda Lucille. Mais ça n'aura plus d'importance. Tu auras pris le large.

– Et toi, Lucille ? Que va-t-il t'arriver ? Une fois qu'ils sauront que je ne suis pas mort, ta vie sera en danger.

– Alors je pars avec toi. Je t'en prie, père ! Tu sais ce qui t'attend si tu restes !

Evart Horstbueller demeura immobile pendant de longues minutes, les yeux fixés sur Tasha. Puis il les baissa vers le sol. Finalement, il haussa ses maigres épaules.

– Je suis désolé, Natasha, dit-il. Vraiment navré.

Il s'éloigna. Lucille fit signe à Tasha de la pointe de son arme.

– Par ici, fit-elle. Doucement. Pas de gestes brusques. Je ne te veux aucun mal, mais si je dois choisir entre toi et mon père, tu peux deviner où ira mon choix.

Tasha ne le savait que trop. Elle traversa lentement la grange, puis la cour, et se laissa emmener vers le bâtiment apparemment le moins délabré de la ferme, un garage de tôle que Lucille appelait la grange au tracteur. Tasha se demandait où pouvait bien être Mike. Assistait-il à la scène ? Était-il déjà parti chercher du secours ? Il n'allait sûrement pas tenter de désarmer Lucille. Pour une prof de piano, elle semblait savoir tenir un revolver. Elle paraissait aussi bien décidée à protéger son père de la police.

– Entre ! ordonna Lucille quand elles furent arrivées au garage.

Tasha aperçut un énorme cadenas accroché au loquet de la porte entrouverte. Tout était noir à l'intérieur.

– J'ai dit « entre » ! gronda Lucille, en la poussant du canon de son revolver.

Lucille poussa brusquement un cri, comme si on l'avait brûlée. Tasha se retourna vivement et aperçut en un éclair le revolver s'envoler de la main de Lucille pour atterrir près d'elle. Lucille, pliée en deux, se massait le poignet. Derrière elle se tenait Mike, qui grimaçait de douleur.

– Le revolver ! cria-t-il à Tasha. Attrape-le !

Il se frottait la main.

– Bon Dieu ! ajouta-t-il, ça fait plus mal que dans les films, ces trucs de karaté ! J'ai dû me casser quelque chose !

Tasha plongea pour attraper le revolver. Elle allait le saisir quand Evart Horstbueller sortit de la maison, en tenant à la main quelque chose qui ressemblait à un fusil.

– Laisse ce revolver ! cria Lucille à Tasha. Père, empêche-la de le prendre !

Evart Horstbueller vit Tasha tendre la main vers l'arme. Il regarda sa fille, le visage crispé. Puis il abaissa son arme.

– On ne joue plus, dit-il.

Pendant quelques secondes, Tasha n'osa pas bouger. Elle se méfiait. Evart Horstbueller était un meurtrier. Il avait tué sa mère et l'avait enterrée dans le sous-sol du Café Montréal. Comment pouvait-il abandonner la partie aussi vite ? Peut-être attendait-il qu'elle se saisisse du revolver. Peut-être...

Evart Horstbueller posa son fusil, traversa la cour vers eux et se pencha pour ramasser le revolver. Il vida le barillet et jeta l'arme dans les buissons qui longeaient le garage.

– Pourquoi ne viendriez-vous pas à la maison, toi et ton ami ? demanda-t-il à Tasha. On va se faire une tasse de thé.

Le contraste entre l'aspect extérieur de la maison, vieux et décrépit, et l'intérieur lumineux et meublé avec simplicité, était saisissant. Tout brillait de propreté. Le carrelage de la cuisine luisait sous les rayons du soleil qui entraient par les fenêtres. Les comptoirs de la cuisine étaient immaculés et rien n'y traînait. Même les brûleurs de la grosse cuisinière à gaz étincelaient à force d'être astiqués.

– Je vous en prie, asseyez-vous, dit Evart Horstbueller, en indiquant les chaises de bois blanc qui entouraient la table.

Personne ne bougea. Pour rien au monde, Tasha n'aurait accepté de prendre le thé en compagnie du meurtrier de sa mère. Elle n'avait aucune confiance en lui. Son hospitalité n'était probablement qu'un truc pour la désarmer. Lucille regardait d'un air renfrogné son père qui s'affairait à remplir la bouilloire ; elle était visiblement convaincue qu'il était en train de faire une erreur. Mike, crispé, s'obstinait à regarder par la fenêtre.

Evart Horstbueller alluma le gaz sous la bouilloire. Il tendit la main vers la boîte à thé sur le comptoir, puis les contempla tous les trois un moment. Il secoua la tête.

– Tu sais, Tasha, jamais je n'aurais fait de tort à ta mère, commença-t-il.

– Père, je t'en prie...

Il la fit taire d'un signe de la main.

– Pendant ces cinq années, j'ai cru que rester ici était la meilleure chose à faire. Après tout, je ne faisais de mal à personne. Le pire était déjà arrivé, mais personne ne s'en était aperçu. Tout le monde pensait que Catherine – ta mère – avait quitté ton père. Personne ne savait ce qui s'était réellement passé, si bien que c'était facile de me dire qu'en restant caché ici, je ne faisais de tort à personne et je sauvais ma peau.

Il lança à sa fille un regard rempli de tristesse.

– Je me suis même arrangé pour croire que je faisais ça pour Lucille, pour qu'elle soit en sécurité, enchaîna-t-il en secouant la tête. Maintenant, je sais que je n'ai été qu'un couard. J'aurais dû sortir de mon trou dès que j'ai appris que Leonard avait été arrêté. J'ai mal agi, Tasha. Je le regrette.

Tasha ne savait plus où elle en était. À l'entendre, on aurait cru qu'il n'avait pas commis le meurtre. Mais alors, pourquoi se cachait-il, et pourquoi Lucille avait-elle braqué un revolver sur elle pour qu'il ait le temps de s'enfuir ?

– Je ne comprends pas, dit Tasha. C'est vous qui avez tué ma mère, non ?

– Non, répondit Evart Horstbueller. Bien que parfois, quand j'y pense, je me dise qu'en gardant le silence toutes ces années, je ne vaux guère mieux que le meurtrier. Non, ce n'est pas moi qui l'ai tuée.

– Mais alors, pourquoi...?
– Pourquoi je me cache?

Tasha hocha la tête.

– Père, s'il te plaît...
– Ça fait sept ans que je me cache, reprit Evart Horstbueller d'un ton las.
– *Sept* ans? coupa Tasha. Mais il n'y a que cinq ans que ma mère...
– Père...
– Non, Lucille. Fini les secrets. Il est grand temps que la vérité sorte au grand jour.

Il tourna les yeux vers Tasha.

– Laisse-moi t'expliquer. Il y a sept ans, quand je vivais en Hollande, ma femme a été tuée par un chauffard. Le gars a écopé d'une peine avec sursis. Une peine avec sursis! Pour un délit de fuite! Il méritait bien plus!

Tasha jeta un coup d'œil à Mike, qui semblait aussi perdu qu'elle.

– Je ne comprends pas, dit-elle.
– Peu de temps après avoir été relâché, le chauffard en question a été assassiné.

Evart se tut un moment.

– Et on m'a accusé du crime.
– Et vous allez nous dire que ce n'est pas vous qui l'avez tué, lança Mike.

– Ce n'est pas lui ! s'écria Lucille.

– Non, ce n'est pas moi. Mais bien des gens m'avaient entendu proférer des menaces contre lui. C'était stupide de ma part. Je ne lui aurais pas fait de mal. Mais quand on perd quelqu'un qu'on aime, on peut faire n'importe quoi.

Il baissa les épaules.

– Tout le monde se rappelait m'avoir entendu lancer des menaces. Et quand on m'a accusé, j'ai fait une autre chose stupide. Je n'avais pas confiance dans les tribunaux. Comment aurais-je pu, quand l'homme qui avait tué ma femme s'en était tiré à si bon compte ? Si bien que...

Il hésita, fronça les sourcils.

– Comment dites-vous, déjà ? Je ne me suis pas présenté devant le tribunal. J'ai quitté le pays avec Lucille et nous sommes venus nous installer ici, sous une autre identité.

Tasha dévisageait le vieil homme, perplexe. Quand elle était petite, il gardait toujours une tranche de gâteau ou une part de tarte pour elle, dans la cuisine du Café, et il lui laissait toujours lécher le bol où il avait préparé du glaçage à gâteau.

Comment imaginer que cet homme ait pu tuer qui que ce soit ?

– Mais je ne comprends pas, dit-elle. Quel rapport avec ma mère ?

– Elle était au courant, répondit Evart.

– Et alors ? demanda Tasha en fronçant les sourcils. Ça n'explique toujours pas quel rapport cette histoire peut avoir avec elle.

– Laisse-moi terminer, Natasha. Je n'ai pas tué ta mère. Mais je sais qui l'a tuée. C'est pour ça que je me cache ici, en faisant semblant d'être mort et enterré. Je sais qui l'a tuée et, depuis cinq ans, je vis dans la peur – peur pour ma propre vie, et encore plus pour celle de Lucille.

Tasha jeta un coup d'œil à Mike, qui haussa les épaules.

– Je ne comprends pas, dit-elle.

La bouilloire se mit à siffler.

– Je t'en prie, supplia Evart. Assieds-toi. Je vais tout t'expliquer.

– Mais père, nous n'avons pas le temps…

– Tout, répéta-t-il. Natasha a le droit de savoir.

21

Tasha, captivée par l'histoire d'Evart Horstbueller, en oublia son thé, qui refroidit dans sa tasse.

– Quand je suis arrivé au Canada, j'ai changé d'identité et je me suis inventé une nouvelle vie. J'ai trouvé cet emploi au restaurant de tes parents. Tout allait comme sur des roulettes. Et puis ta mère a fait ce voyage en Europe...

– Je m'en souviens, l'interrompit Tasha.

Elle se rappelait surtout le retour de sa mère après cette longue absence, les yeux brillants d'excitation et les bras chargés de cadeaux.

– Elle m'avait rapporté des sabots, reprit Tasha.

Evart sourit gentiment.

– À Amsterdam, elle s'était fait voler son sac.

– Je me rappelle, dit Tasha.

Un autre souvenir. Son père au téléphone qui, d'un ton rassurant, essayait de calmer sa mère.

– Papa lui a conseillé d'aller au poste de police signaler le vol.

– Et c'est ce qu'elle a fait, enchaîna Evart. C'est là qu'elle a vu l'avis de recherche avec ma photo. Pour une raison que j'ignore – j'ai d'ailleurs cru au miracle à l'époque – elle n'a rien dit aux policiers.

Tasha essayait d'imaginer sa mère découvrant que quelqu'un qu'elle connaissait était recherché pour meurtre, et gardant ça pour elle. Pour Tasha, cela n'avait rien d'un miracle. Cela ressemblait tout à fait à sa mère.

– Elle a toujours eu de l'affection pour vous, dit-elle. Et elle avait le sens de la justice. Elle voulait probablement entendre votre version de l'histoire avant de dire quoi que ce soit.

Evart acquiesça. Son regard s'assombrit.

– À son retour, elle m'a posé la question. Quand je lui ai raconté ce qui s'était passé, elle m'a dit qu'elle me croyait. Catherine était une femme merveilleuse. Elle m'a même proposé de l'argent pour engager un détective et trouver le véritable meurtrier.

Il essuya une larme.

– Je pensais mon secret bien gardé, connaissant ta mère. Mais je me suis rendu compte que quelqu'un avait entendu notre conversation.

– Qui ça?

Evart Horstbueller ne répondit pas. Il semblait perdu dans un autre monde, à la recherche d'anciens souvenirs. Il revint enfin vers eux et plongea ses yeux dans ceux de Tasha.

– C'est à cette époque qu'elle n'a plus voulu travailler au Café. Elle voulait voyager, elle voulait que ton père vende le restaurant et parte avec elle. Mais il a préféré prendre Denny Durant comme associé.

Ta mère a piqué une de ces colères quand elle l'a appris ! Elle n'aimait pas Denny.

– Pour quelle raison ? demanda Tasha.

– À cause des gens qu'il fréquentait. Sa carrière de hockeyeur était finie. Personne ou presque ne se souvenait de lui. Mais il aimait ça, jouer les types importants. Alors il a décidé de se faire un nom dans la restauration et s'est mis à fréquenter des individus plutôt louches. Il venait au Café tous les soirs, s'installait à une table du fond – il appelait ça son bureau – et offrait la tournée à ses amis. Je ne crois pas que ces types-là le respectaient, mais ils venaient parce qu'avec lui, ils avaient un endroit où traîner et régler leurs affaires.

– Leurs affaires ? interrogea Mike.

– Vendre de la drogue, écouler des marchandises volées, tout ce que tu peux imaginer.

– Mais dans ces conditions, demanda Mike, pourquoi êtes-vous resté ? Pourquoi n'avez-vous pas changé d'emploi ?

– Il *allait* le faire, répondit Lucille en s'adressant à Tasha. Il avait donné son préavis à ton père. Il devait partir une semaine après que ta mère...

– Une semaine de plus, reprit Evart, et tout aurait été différent.

Tasha scruta son vieux visage buriné et prit une profonde inspiration. Lui connaissait la réponse. Il suffisait qu'elle lui pose la question.

– Et qu'est-il arrivé ce soir-là ?

Evart baissa les yeux et fixa sa tasse, qu'il enserrait de ses deux mains comme s'il s'était agi d'une bouée de sauvetage.

– Il n'y avait presque pas de vrais clients au Café ce soir-là. Seulement des *amis* de Denny.

Il cracha ces mots avec mépris.

– Ils étaient là, à manger et boire gratis. De la cuisine, je les entendais se disputer. Une histoire d'argent. Je n'en pouvais plus. Tout ce que je voulais, c'était fermer le Café et rentrer chez moi. Il faisait une de ces tempêtes! Rico était déjà parti, alors je suis sorti déposer les poubelles à l'arrière. Quand je suis revenu, ta mère était dans la petite pièce attenante aux cuisines. Le bureau, tu te souviens?

Tasha hocha la tête. Elle voyait très clairement tout ce que racontait Evart, comme s'il lui lisait un livre à haute voix et qu'elle, les yeux fermés, imaginait la scène, les acteurs, chaque geste.

Sa mère se tient dans le petit bureau et sourit tristement à Evart en lui annonçant qu'elle est venue lui dire adieu, qu'elle quitte Leonard. Les types dans la salle à côté crient tellement fort que sa mère doit hausser la voix pour se faire entendre. Jusqu'à ce qu'elle perde patience. « Ce Denny, lance-t-elle d'un ton acerbe, je ne sais pas comment fait Leonard pour le supporter. » Elle sort du bureau d'un pas déterminé, traverse la cuisine et se dirige vers la salle pour aller dire son fait à Denny. Evart se précipite derrière elle, la tire par la manche : « Laissez-le, Catherine, ça n'en vaut pas la peine. » Mais Catherine débouche dans la salle, juste au moment où l'un des amis de Denny dit : « Je n'ai pas descendu ces deux types du fourgon blindé pour rien... » Quand elle réalise ce qui vient de se dire, elle s'arrête si brusquement qu'Evart, qui la suivait, vient se cogner contre elle.

– Il y avait eu un gros hold-up une semaine avant, près d'un million de dollars, expliqua Evart. L'attaque d'un fourgon blindé. Et deux agents de sécurité avaient été tués. Les journaux n'avaient parlé que de ça. Et les deux types qui avaient fait le coup étaient là, ils venaient juste de l'avouer, haut et fort. Même Denny avait l'air sous le choc.

Tasha imagina l'horreur sur les visages d'Evart et de Catherine, tandis qu'ils dévisageaient l'homme qui venait de parler. Un homme aux yeux féroces, qui venait de confesser un double meurtre.

– Pendant quelques secondes, il y a eu un silence de mort. Puis Denny a repris ses esprits. « Catherine ! Qu'est-ce qui t'amène par un temps pareil ? » Il parlait comme s'il était content. Catherine n'a pas compris au début. Moi non plus. Pourquoi Denny semblait-il si heureux ? Ne venions-nous pas d'entendre quelqu'un confesser un meurtre ? C'est alors que j'ai vu le désespoir dans ses yeux. Comme s'il nous suppliait de jouer le jeu, de faire comme si nous n'avions rien entendu.

Tasha hocha la tête, les deux mains agrippées au rebord de la table.

– Ta mère aussi avait l'esprit vif. Je n'en reviens pas de ce qu'elle a fait. Elle a répondu à Denny aussi naturellement que si elle venait de le rencontrer dans la rue. Elle lui a dit que Leonard était à la maison, qu'elle l'avait quitté et qu'elle s'en allait à l'aéroport. « Evart me reconduit, a-t-elle dit. Il y a un taxi qui m'attend. » Et pendant qu'elle parlait, elle reculait très lentement vers la porte, et moi aussi. On essayait tous les deux de rester très calmes. Je ne sais pas ce qu'a pensé Catherine, mais j'ai cru qu'on allait s'en sortir. J'ai cru qu'on avait encore une chance.

Tasha retint son souffle. Le moment tant attendu, le moment qu'elle redoutait tant, était enfin arrivé. *J'ai cru qu'on avait encore une chance.*

– Et ensuite, demanda-t-elle. Qu'est-ce qui s'est passé ?

– Les deux types nous ont arrêtés. L'un d'eux nous a bloqué la voie. L'autre a sorti un couteau. Catherine a compris ce qui se préparait. Alors elle a fait la seule chose qu'elle pouvait faire. Elle s'est mise à hurler. Et c'est là que le type au couteau s'est mis à la frapper. Il l'a poignardée encore et encore, même après qu'elle s'est effondrée sur le sol.

Evart racontait la scène d'une voix monocorde.

– J'ai tout vu. J'ai tout vu, et je n'ai rien dit. Je… Je ne pouvais pas articuler un son.

Tasha enfouit son visage dans ses mains, pour chasser de son esprit l'horreur de la scène. Sa pauvre mère. Elle était tombée au mauvais endroit au mauvais moment, et personne, absolument personne n'avait fait quoi que ce soit pour l'aider.

– Denny… souffla-t-elle. Denny Durant était là ? Il a vu tout ça ?

Evart fit oui d'un signe de tête.

– Je voulais m'enfuir, mais j'avais peur qu'ils me tuent au moindre geste. Denny lui aussi avait l'air effrayé. Il leur a dit : « Qu'est-ce que vous allez faire maintenant ? Nous tuer nous aussi ? »

– C'est vrai ça, pourquoi ils ne l'ont pas fait ? demanda Mike.

Lucille lui jeta un regard mauvais.

– L'un des deux hommes, pas celui au couteau, l'autre, a répondu : « Pas toi, Denny. Tu es un type réglo. Pas vrai ? » Denny a fait oui. Alors le gars lui a dit : « Tu vas nous le prouver en réglant son compte à l'Allemand. » C'est de moi qu'il parlait.

– Ils voulaient que Denny vous tue ? demanda Tasha, abasourdie.

– Si Denny me tuait, personne ne pouvait plus les dénoncer à la police. Tout le monde aurait été coupable de meurtre. C'était ça leur idée.

– Mais Denny ne l'a pas fait.

Evart secoua la tête.

– Denny n'est peut-être pas un vrai dur, mais il est malin. Il leur a dit qu'ils faisaient fausse route. « Tuer la femme est une chose, leur a-t-il dit. Tout ce qu'on sait, c'est qu'elle a quitté son mari et a pris l'avion pour je ne sais où. On récupère sa valise, on renvoie le taxi et le tour est joué. » Il leur a dit qu'il pouvait s'arranger pour que tout le monde la croie saine et sauve à l'autre bout du pays, et que personne n'ait même l'idée de la chercher.

Les lettres, songea Tasha. C'est Denny qui avait écrit les lettres envoyées de Vancouver. Il connaissait le surnom de Tasha !

– Mais il leur a dit qu'avec moi, c'était une autre histoire, enchaîna Evart. Il a rappelé que Lucille passait me prendre tous les soirs, et que si je n'étais pas au rendez-vous, elle appellerait la police. J'ai cru que jamais il n'arriverait à convaincre les deux autres de ne pas me tuer. Alors il a dit : « Ce cher Evart sait à quel point il est important de tenir sa langue.

Il sait qu'il vaudra mieux pour lui – et pour sa fille – de faire comme s'il ne s'était rien passé ici ce soir. » Les deux tueurs lui ont dit qu'il était cinglé. « Tu as vraiment confiance en ce type ? » Il leur a répondu que ça n'avait rien à voir avec la confiance.

Tasha comprit tout en un éclair.

– Denny avait entendu votre conversation avec ma mère, c'est ça ?

– Et il s'en est servi contre mon père, intervint Lucille. Denny a dit à mon père que s'il ouvrait la bouche, il le dénoncerait à la police et le ferait expulser aux Pays-Bas. Il a promis à ses amis qu'il surveillerait mes allées et venues.

– Denny aurait fait un bon vendeur, ajouta Evart, parce qu'il a réussi. Il les a dissuadés de me tuer. Après ça...

Il réprima un sanglot.

– Oh, père...

– Non, fit Evart. Je dois tout raconter. Les amis de Denny – il cracha le mot avec mépris – nous ont obligés à creuser un trou dans la cave. Ils nous ont photographiés en train de creuser et nous ont dit qu'ils s'en serviraient contre nous le cas échéant. Maintenant, on était dans le coup. Et on était aussi responsables qu'eux de la mort de ta mère. Et ils ont prévenu Denny que si jamais le crime s'ébruitait, ils nous tueraient tous les deux.

Tasha aurait voulu se boucher les oreilles, ne plus rien entendre de l'horrible vérité, mais elle savait qu'il fallait qu'elle aille jusqu'au bout si elle voulait sauver son père, si elle voulait que les assassins de sa mère soient traduits en justice.

– Je comprends pourquoi vous n'êtes pas allé à la police, dit alors Mike. Mais pourquoi faire le mort ? Et comment vous y êtes-vous pris ?

Evart fixa la table. Il paraissait plus vieux que lorsqu'il avait commencé son récit, plus chétif.

– Je n'avais pas confiance en Denny, ni en ses amis. Je ne voulais pas courir le risque qu'ils me dénoncent à la police. Je devais protéger Lucille.

– Nous avons pensé que le seul moyen d'être en sécurité, c'était de leur faire croire que mon père était mort. Alors nous avons simulé un accident. Un terrible accident de voiture.

– Mais comment avez-vous fait ? insista Mike. Il fallait qu'il y ait un cadavre.

Tasha se souvint de ce que leur avait dit Enrico Zapata : le mari de Lucille travaillait dans une entreprise de pompes funèbres.

Pour la première fois, Lucille détourna son regard de celui de Tasha.

– Herbert et moi, cela ne faisait que quelques mois qu'on se fréquentait. Mais quand je lui ai expliqué que j'avais besoin d'aide, il a su exactement quoi faire. Dans l'entreprise funéraire où il travaillait, il lui arrivait d'organiser l'enterrement d'indigents pour la ville. Il devait justement enterrer un homme qui était mort dans l'incendie d'un entrepôt abandonné.

– Et il a enterré cet homme sous l'identité de votre père ?

Lucille fit oui de la tête.

– Et depuis, je me cache, reprit Evart. Mais il est temps de sortir de mon trou.

Il eut un pauvre sourire pour Tasha.

– Je suis terriblement désolé. J'aurais dû le faire avant. Je n'ai pas pu sauver ta mère, mais je *peux* aider ton père.

– Et vous pouvez aussi faire que Denny et ses copains soient traités comme ils le méritent, ajouta tranquillement Tasha.

Il y eut un silence.

– Je vais te conduire en ville, père, dit soudain Lucille.

Tasha échangea un regard avec Mike. Elle n'était pas sûre que Lucille accepte complètement la décision de son père.

– On peut prendre ma voiture, si vous êtes d'accord, proposa Mike. Elle est garée un peu plus loin.

Lucille se rebiffa.

– Veux-tu dire que tu ne me fais pas confiance ?

– Lucille, intervint gentiment son père. Peux-tu le blâmer ? Nous prendrons ta voiture, jeune homme.

Ils attendirent tandis qu'il rangeait la cuisine et se changeait. Puis, alors que Mike lui ouvrait la porte en s'effaçant pour le laisser passer, un coup de feu retentit. Evart Horstbueller s'effondra sur le seuil.

22

Tasha, Mike et Lucille se précipitèrent à l'intérieur de la maison en traînant Evart avec eux. Il n'avait pas perdu conscience, mais son bras droit pendait, inerte, à son côté. Le sang dégouttait de sa manche sur le carrelage immaculé de la cuisine.

Lucille, affolée et en sanglots, les guida jusqu'au salon. Tasha et Mike soutinrent Evart jusqu'au canapé tandis que Lucille grimpait quatre à quatre à l'étage pour aller chercher la trousse de premiers secours. Elle rapporta aussi une taie d'oreiller qu'elle déchira pour en faire des bandages. Les mains tremblantes, elle se mit à panser la blessure de son père. Mike tira en hâte tous les stores et les rideaux pour que leur assaillant, quel qu'il soit, ne puisse voir ce qui se passait à l'intérieur.

– Où est le téléphone ? demanda Tasha.

– Il n'y a pas de téléphone, rappelle-toi, répondit Mike.

Tasha se tourna vers Evart Horstbueller, qui ne put que confirmer.

– Je pensais qu'en limitant au maximum mes contacts avec le monde extérieur, y compris la compagnie de téléphone, je courais moins de risques que l'on découvre que j'étais toujours en vie, expliqua-t-il. Lucille...

Il grimaça de douleur.

– Lucille ne voulait même pas que j'aie un téléphone portable. Elle avait peur que je me fasse repérer.

– Les portables ne sont pas sûrs. Trop faciles à mettre sur écoute. Et Denny savait où j'habitais, même après mon mariage. J'avais peur qu'il continue à me surveiller, à tout hasard.

Mike rampa vers la porte, et essaya de regarder dehors. Tasha se précipita vers lui et le tira sans ménagement.

– On peut te voir, cria-t-elle.

Son cœur battait à tout rompre. Quelqu'un leur avait tiré dessus, et avait blessé Evart. Il pouvait tout aussi facilement l'abattre, elle, ou encore Mike.

– S'il n'y a pas de téléphone pour appeler à l'aide, il faut trouver un moyen de sortir d'ici, conclut Mike.

– J'ai un téléphone portable dans mon auto, annonça Lucille, encore affairée à panser le bras de son père. Dans la boîte à gants.

Ça nous fait une belle jambe, songea Tasha. La voiture de Lucille était garée au beau milieu de la cour, à une trentaine de mètres de la porte de devant. Là où était caché le tireur.

– Et votre revolver ? demanda Tasha. Où est-il ?
– Dehors, marmonna Lucille, et les balles avec. Quelqu'un, ajouta-t-elle en regardant son père qui était aussi blanc que son pansement, a eu la bonne idée de le vider dans la cour.
– La carabine, alors, dit Tasha.
Elle avait vu Evart rapporter l'arme dans la maison.
– C'est un fusil de chasse, pas une carabine. Et il n'a pas servi depuis au moins cinq ans. Je l'ai trouvé dans la grange quand nous avons acheté cette ferme. Je n'ai même pas de cartouches pour le charger.
Les idées se télescopaient dans la tête de Tasha. Pas de cartouches ! C'était le comble, même si elle n'aurait pas vraiment su quoi faire d'un fusil chargé.
Lucille semblait encore plus mécontente que Tasha.
– Père, je croyais qu'on s'était mis d'accord...
– D'accord sur quoi ? répondit Evart Horstbueller. Que j'allais passer le reste de mes jours à vivre comme dans un western ? Que j'allais rester coincé ici avec un fusil chargé à portée de la main ? Non, Lucille, je ne veux pas de cette vie-là. Je n'en ai jamais voulu.
– Mais père...
– Excusez-moi de vous interrompre, coupa Mike. Mais je viens de voir quelque chose – *quelqu'un* – bouger. Il faut agir, et vite, avant que ce quelqu'un se doute que nous ne pouvons pas faire grand-chose et se pointe ici et... vous voyez ce que je veux dire...

– Et tu n'as rien à nous proposer, j'imagine ? fit Lucille.

– Il faut trouver un moyen d'atteindre votre voiture, répondit Tasha. Mettre la main sur votre portable et appeler la police.

– Mais comment faire ? demanda Mike. On pourrait créer une diversion, détourner son attention. Je pourrais sortir par derrière et faire le tour jusqu'à la voiture.

Il secoua la tête.

– Non, c'est débile. Ce type est armé. Si nous créons une diversion, il va peut-être se mettre à tirer. Et cette fois-ci, *tuer* quelqu'un.

Tasha réfléchit une minute. Qu'est-ce que le tireur avait bien pu voir ? Avait-il vu Evart jeter le revolver de Lucille dans les buissons ? Savait-il qu'ils n'avaient pour se défendre qu'un vieux fusil inoffensif ?

Pas nécessairement...

– Peut-être qu'on devrait tout simplement ne rien faire, dit-elle.

– Quoi ? grogna Lucille. Penses-tu que si on ne fait rien, il va tout simplement s'en aller ?

– Ou bien il va attendre, ou alors...

– Il n'attendra pas longtemps, coupa Mike dont la voix avait monté dans l'aigu. Je viens encore de voir quelque chose bouger.

– Supposons qu'il soit venu ici pour nous tuer tous, ou au moins pour tuer monsieur Horstbueller, dit Tasha. Et supposons qu'il nous croie inoffensifs, complètement désarmés.

— Ce qui est le cas, fit Lucille.

Elle jetait des regards furieux à son père, lui reprochant encore d'avoir jeté son revolver dans les buissons.

— Si nous restons ici, il faudra que lui vienne à nous. Et s'il nous croit sans armes, il va probablement penser qu'il ne peut rien lui arriver s'il entre dans la maison.

— Et il aura raison, insista Lucille. S'il entre ici avec un revolver, nous serons tous faits comme des rats.

— Mike, va chercher le fusil, ordonna Tasha.

— Mais il n'est pas chargé !

Les yeux d'Evart pétillèrent.

— Il ne le sait pas. C'est ça, Natasha ?

— Mais...

— Va chercher le fusil, Lucille, répéta Evart d'un ton qui ne supportait pas la réplique.

— Il nous faudrait aussi quelque chose pour le ligoter, ajouta Tasha. Avez-vous de la corde, monsieur Horstbueller ?

— À la cave.

Mike se précipita vers l'escalier.

Au moment même où Lucille revenait avec le fusil, on entendit craquer les planches de la véranda. Lucille laissa échapper un petit gémissement.

Tasha sentit ses genoux flancher. Un homme armé se tenait juste là, à l'entrée, un revolver à la main, une arme dont il s'était déjà servi une fois. Il approchait, de toute évidence avec l'intention de s'en resservir.

— Va te poster près de la porte du fond, dit Tasha à Mike. Dès qu'il entre, tu files jusqu'à l'auto de Lucille, tu prends le téléphone et tu vas te mettre à couvert pour appeler la police.

Il avait une chance, une bonne chance même, d'y arriver, à condition que leur visiteur reste assez longtemps dans la maison. Et à condition que Mike fasse vite.

— Et toi ?

Tasha prit le fusil des mains de Lucille.

— Je me cache derrière la porte, répondit-elle, avec ça. Lucille, allez vous asseoir sur le canapé avec votre père. Et ne bougez plus.

Mike essaya de lui prendre le fusil.

— C'est *moi* qui reste ici. Toi, tu cours chercher le téléphone.

Tasha avait deviné ce qu'il essayait de faire. Il pensait qu'il était moins risqué d'être dehors une fois le tueur à l'intérieur de la maison. Il voulait la protéger.

Elle secoua la tête.

— C'est *moi* qui reste ici, Mike, et tu ne me feras pas changer d'a...

La poignée de la porte tourna tout doucement.

Lucille, le souffle coupé, s'enfonça dans le canapé.

Tasha indiqua d'un signe de tête la porte du fond et Mike, renonçant à discuter, se dirigea, courbé en deux, vers son poste.

Tout en jetant à Tasha des regards inquiets, il se tapit à côté de la porte, prêt à filer à toutes jambes vers la voiture de Lucille.

Tasha s'adossa contre le mur, derrière la porte d'entrée. D'un côté, elle espérait que l'homme s'en aille et les laisse tranquilles. Mais elle savait bien qu'il n'en ferait rien. D'un autre côté, elle souhaitait qu'on en finisse, que l'homme se décide à pousser la porte et à faire irruption dans la maison.

On aurait entendu une mouche voler. Lucille était assise, toute raide, à côté de son père, qui était d'une pâleur mortelle. Le sang traversait déjà son pansement. « Il lui faut de toute urgence des soins médicaux, pensa Tasha. Sinon, il risque de mourir d'une hémorragie. »

Derrière la porte, Tasha retenait son souffle. Elle perdit tout sens du temps et de la réalité. Jamais elle n'aurait pu imaginer se retrouver dans une situation pareille, adossée contre un mur, un fusil déchargé dans les mains, attendant qu'un homme armé fasse irruption dans la maison et se mette à lui tirer dessus. Elle avait l'impression de se retrouver dans une série télévisée. Excepté que les héros de la télé, eux, ne craignaient pas vraiment pour leur vie. Contrairement à elle.

Elle fixait la poignée de la porte.

Rien ne bougeait.

Et brusquement, la porte s'ouvrit toute grande. Tasha vit Lucille se redresser comme un piquet sur le canapé, les yeux agrandis de terreur, en se mordant le poing pour ne pas crier. « Cours, Mike, cours vite ! » pria-t-elle silencieusement.

– Voyez-vous ça, dit une voix, quel gentil tableau !

L'homme était grand et musclé. Il avait les cheveux exactement de la couleur qu'avait indiquée Mme Zaddor – d'un jaune aussi brillant qu'une fleur de bouton-d'or.

– Et vos petits amis, où sont-ils ?

Exactement comme à la télé, se dit Tasha. Et elle trouva soudain son projet absurde. Je m'apprête à braquer un fusil totalement inoffensif sur un homme qui est de toute évidence un tueur, et je n'arrive *toujours* pas à croire que c'est à moi que ça arrive !

Elle s'avança sur la pointe des pieds et vint planter le canon du fusil dans le dos de l'homme.

– Lâchez cette arme ! ordonna-t-elle de la voix la plus grave qu'elle put.

À la télé, l'homme aurait obéi. À la télé, les deux personnages assis sur le canapé auraient sauté sur le tueur pour lui lier les mains. Après un intermède publicitaire, les policiers seraient arrivés et justice aurait été faite.

Mais l'homme ne lâcha pas son arme. Il ne la baissa même pas, d'après ce que Tasha put voir.

– Allons bon ! Et à quoi tu joues, petite ? lança-t-il sans se démonter.

De toute évidence, son attitude et son ton de voix prouvaient qu'il n'était guère impressionné.

– Qu'est-ce que tu comptes faire ? Me tirer dans le dos ? reprit-il comme s'il savait qu'elle en était incapable, même avec un fusil chargé.

Ce qui n'était pas le cas. Et visiblement, ça aussi, il le savait.

– Allons donc ! ajouta l'homme d'une voix moqueuse, comme s'il s'adressait à un tout petit enfant.

Il tourna lentement la tête et Tasha aperçut la cicatrice irrégulière qui lui barrait la joue. Mme Zaddor avait raison. On aurait dit un oiseau, bien que Tasha n'eût pu dire de quelle espèce. Mais c'était bien l'homme qui avait poussé Mme Mercer dans l'escalier. C'était lui qui avait tiré sur Evart Horstbueller. Il fallait qu'elle fasse quelque chose très vite, pour l'empêcher de nuire davantage.

Elle recula légèrement, saisit le canon du fusil de sa main droite, le fit pivoter et quand l'homme se retourna, elle lui en asséna de toutes ses forces un coup au visage. La crosse rebondit sur la tête de l'homme, qui chancela sous l'impact. Une masse de cheveux jaunes tomba sur le sol, et il fallut quelques secondes à Tasha pour comprendre qu'il s'agissait d'une perruque.

L'homme poussa un juron. Tasha serra les dents. S'il pouvait encore jurer, c'est qu'elle n'avait pas réussi à l'assommer. On n'était pas à la télé ! Mais l'homme s'effondra en lâchant son revolver, qui glissa plus loin sur le sol. Tasha plongea pour s'en saisir. Au même moment, Lucille se leva comme un ressort et se précipita vers un meuble où trônait un grand vase de faïence.

L'homme grogna, secoua la tête pour s'éclaircir les idées. Il rouvrit les yeux au moment où Tasha se saisissait du revolver. Il poussa un rugissement et se redressa sur les mains pour se remettre debout.

Encore chancelant, il se tourna vers Tasha qui braquait sur lui le revolver à deux mains. Elle tremblait. Cette arme-là était chargée, et très dangereuse. Et si elle appuyait sur la gâchette ? Et si le coup partait ? Et si elle ne réussissait pas à atteindre l'homme qui s'avançait vers elle, et touchait quelqu'un d'autre... Lucille, ou Evart ?

La voyant hésiter, l'homme ricana d'un air méchant. Il tendit la main.

– Ça suffit. Donne-moi ce revolver, avant que tu te fasses mal.

Il y eut un bruit sourd. L'homme s'effondra soudain sur le sol, dans un fracas de faïence brisée. Lucille, stupéfaite, contemplait son œuvre. Elle avait réussi à abattre le géant.

Tasha regarda le revolver qu'elle tenait à la main, puis se tourna vers Evart. Il tendit la main, et elle alla lui remettre l'arme avec soulagement.

– Ligotons-le, dit-elle à Lucille, avant qu'il revienne à lui.

Le plancher de la véranda craqua, leur glaçant le sang. « Oh non ! pensa Tasha. Et si l'homme-oiseau n'était pas venu seul ? Avait-il un complice ? Et si celui-ci avait neutralisé Mike et s'apprêtait à entrer dans la maison, arme au poing ? Et si... »

– Mike ? appela Tasha prudemment. C'est toi ?

– Tash ? Tasha, tout va bien ?

Elle n'ouvrit pas la porte, pas tout de suite. Au cas où l'homme qui gisait sur le carrelage et que Lucille était en train de ligoter aurait eu un complice. Au cas où Mike, le canon d'un pistolet sur la tempe, aurait été forcé de lui répondre.

– Et tout va bien pour *toi*, Mike ? demanda-t-elle.
– Ouais. Est-ce que je peux entrer ?

Tasha jeta un coup d'œil à Evart, qui devait avoir eu la même idée qu'elle, car il fixait la porte en tenant fermement le revolver dans sa main valide.

– Il n'y a plus de danger, cria Tasha. Viens.

Elle retint son souffle. La porte s'ouvrit et Mike entra, seul. Il avait le téléphone portable à la main.

– J'ai appelé la police. Ils arrivent.

Il regarda l'homme étendu à terre, que Lucille finissait de ligoter.

– Tu te souviens, Tash, quand tu croyais qu'on était suivis ? Il y a une Thunderbird noire garée plus loin. Je crois qu'elle appartient à ce type.

– C'est lui, souffla Evart d'une voix rauque. Natasha, c'est lui qui a tué ta mère !

Tasha baissa les yeux vers l'homme à la cicatrice. C'était un grand gaillard, avec un nez de travers comme s'il avait déjà été cassé, et des mains énormes et noueuses. Des mains de tueur, pensa-t-elle. C'était lui. C'était l'assassin…

– Tash ?

La voix de Mike sembla lui parvenir d'un autre monde. Les murs se mirent à tournoyer autour d'elle.

– Tasha, tu es blanche comme un linge…

Elle se précipita soudain hors de la maison, traversa la cour à toutes jambes et alla vomir dans les hautes herbes. Après quoi, elle fondit en larmes.

Chaque fois que Tasha avait imaginé le scénario, et Dieu sait qu'elle l'avait souvent imaginé – elle en avait même rêvé –, les choses se passaient ainsi : elle trouvait enfin la preuve magique dont elle avait besoin, le fait incontestable qui obligeait les policiers à admettre que son père ne pouvait pas avoir commis le crime dont ils l'accusaient. Et à le relâcher *immédiatement*. Car tout devait se passer très vite dans son esprit. Son père était innocent. Et devait donc être libéré tout de suite.

Mais dans la réalité, les événements se déroulèrent tout autrement. Les inspecteurs Marchand et Pirelli lui posèrent un million de questions. Puis, ils voulurent interroger Evart Horstbueller seul. Ce qui prit une éternité. Tasha apprit plus tard qu'ils lui avaient fait répéter son histoire plusieurs fois. Finalement, sur la foi de son témoignage, ils ajoutèrent le chef d'accusation de meurtre à celui de tentative de meurtre qu'ils avaient déjà porté contre l'homme-oiseau. Ils envoyèrent quelqu'un chercher Denny Durant. Et ce n'est que des heures et des heures après que Tasha, Mike, Lucille Marcuse et Evart Horstbueller furent arrivés au poste de police avec l'homme-oiseau, qu'ils retirèrent toutes les accusations portées contre Leonard Scanlan.

– Et le troisième homme ? demanda Tasha. Il y avait deux hommes avec Denny ce soir-là au Café.

– Monsieur Horstbueller nous a donné sa description, répondit l'inspecteur Marchand. Et j'ai dans l'idée qu'on n'aura pas de difficulté à convaincre Denny de collaborer avec la justice…

Tasha hocha la tête.

– Je voudrais voir mon père, dit-elle.

– Nous allons t'emmener à l'hôpital, proposa la policière.

– Je m'en charge, dit Mike. Je peux l'emmener.

L'inspecteur Marchand haussa les épaules.

– Comme tu veux, Tasha. Mais j'aimerais bien y aller avec toi. C'est moi qui ai arrêté ton père, et je voudrais être là quand il apprendra qu'il est un homme libre.

Elle pourrait vivre jusqu'à cent ans et oublier jusqu'à son propre nom, Tasha savait qu'elle se souviendrait toute sa vie du moment où son père apprit qu'il n'était plus en état d'arrestation. Ses yeux, tristes et sans éclat, s'allumèrent soudain comme un feu que l'on attise, et il réussit tant bien que mal à s'asseoir dans son lit. Il plongea ses yeux dans ceux de l'inspecteur Marchand pendant un instant, et prononça un simple mot :

– Merci.

– C'est votre fille qu'il faut remercier, répondit l'inspectrice. Elle n'a jamais voulu croire que vous étiez coupable. Et elle avait raison. Elle l'a prouvé.

Leonard Scanlan se tourna vers Tasha et ouvrit les bras. Elle s'y précipita et sentit une force nouvelle l'envahir tandis qu'il la serrait contre lui.

– Papa ?

Leonard Scanlan leva le nez de la sauce qu'il était en train de préparer. À l'autre bout de la cuisine, tante Cynthia coupait des légumes.

– Il y a quelque chose que je ne comprends pas.

Elle avait hésité à lui poser la question. Et s'il refusait de lui répondre ? Ne risquait-elle pas de réveiller encore des souvenirs douloureux et de le replonger une fois de plus dans la tristesse ? Elle ne supportait pas l'idée de lui faire de la peine.

– Et quoi donc ? demanda-t-il.

Elle voulait savoir – comme elle brûlait de le savoir ! – mais n'allait-elle pas regretter d'avoir posé la question ?

– Quand tu as quitté la maison ce soir-là, tu m'as dit que tu avais roulé pendant des heures. Mais *où* es-tu allé ? Cherchais-tu maman pour la convaincre de revenir ?

Leonard Scanlan demeura un long moment les yeux baissés.

– J'essayais d'imaginer comment j'allais faire sans elle, dit-il enfin. Ta mère et moi nous étions tant éloignés. Je pensais qu'elle avait peut-être rencontré quelqu'un, et que c'était pour cette raison qu'elle me quittait. Je ne savais vraiment pas comment j'allais pouvoir vivre sans elle.

Sa voix se brisa. Il se tut un moment, et Tasha se rendit compte qu'il essayait de ne pas pleurer.

– Je suis désolé de t'avoir laissée toute seule, reprit-il, mais j'avais besoin de réfléchir. Finalement, j'ai décidé de rentrer et d'attendre pour voir ce qu'elle allait faire. Et j'ai reçu ces lettres...

– C'est Denny qui les a écrites.

– Oui, je le sais à présent, dit-il, les yeux brillants de larmes. Et toutes ces années, j'ai été l'associé de quelqu'un qui était au courant, quelqu'un qui était mêlé à toute l'histoire et qui ne m'en a jamais dit un traître mot. Le meurtrier était un de ses anciens coéquipiers ! Toutes ces années...

– Comment aurais-tu pu savoir, papa ?

– Si seulement j'avais écouté ta mère ! Si seulement j'avais, pour une fois, fait ce qu'elle voulait. Elle ne serait jamais allée au Café ce soir-là. Elle ne serait jamais tombée dans ce nid de vipères. Elle ne serait pas...

Si seulement, les mots les plus tristes au monde.

Tasha se leva et s'approcha de lui.

– Tu ne pouvais pas savoir, papa. Personne ne savait.

Son père secoua la tête, comme s'il ne voulait pas entendre ce qu'elle disait.

– C'est vrai, finit-il par dire avec réticence. Et je sais que même si je l'avais écoutée, elle ne serait pas nécessairement restée. Nous étions devenus étrangers l'un à l'autre. Elle serait peut-être partie, mais plus tard. Et les choses auraient été bien différentes pour toi, Tasha. Tu n'aurais pas passé cinq années de ta vie à te demander ce qui était arrivé et pourquoi elle n'avait jamais essayé de te revoir.

Tasha serra les paupières pour s'empêcher de pleurer.

– C'est fini, papa, murmura-t-elle. C'est fini.

Ils restèrent un long moment dans les bras l'un de l'autre.

Plus de cinq ans après sa mort, Catherine Scanlan eut droit à une sépulture décente. Tasha s'attendait à ce que l'enterrement soit pour elle une épreuve terrible. Au contraire, elle ressentit une impression d'achèvement, et de soulagement aussi.

Elle et son père quittaient le cimetière lorsque les inspecteurs Pirelli et Marchand vinrent à leur rencontre.

– Tasha, Edith Mercer a repris conscience hier, annonça l'inspecteur Marchand. Nous avons pensé que tu aimerais apprendre la nouvelle.

– Est-ce qu'elle va bien ? demanda Tasha.

– Son état est encourageant, répondit l'inspecteur Marchand en lui souriant gentiment. Les médecins pensent qu'avec un peu de chance, elle pourra se rétablir presque complètement. Et elle a confirmé la version de madame Zaddor. Elle a effectivement été poussée dans l'escalier, par un homme qui avait une cicatrice en forme d'oiseau sur le visage.

– Le même homme qui a tué ma mère.

L'inspectrice hocha la tête.

— Ce soir-là, madame Mercer était assise à sa fenêtre. Elle a vu ta mère arriver au Café en taxi. Et quelques minutes plus tard, un homme est sorti pour régler la course et renvoyer le taxi. Cet homme a levé la tête et l'a aperçue. Le lendemain, il l'a abordée dans la rue et lui a dit que la curiosité était un vilain défaut et qu'il valait mieux pour elle de ne pas se mêler de ce qui ne la regardait pas. À ce moment-là, madame Mercer a pensé qu'il parlait de la faune peu recommandable qui fréquentait le Café Montréal. Et elle n'y a plus repensé jusqu'à ce qu'on découvre le corps de ta mère, et qu'elle voie le même homme, devant chez elle, qui la surveillait.

— L'homme-oiseau ?

La policière hocha la tête.

— Elle l'a vu deux fois. Elle a eu peur, parce qu'elle a commencé à comprendre ce dont elle avait été témoin cinq ans plus tôt.

— Mais si elle avait peur, pourquoi nous a-t-elle invités, Mike et moi, à venir chez elle ?

— Vous avez dû la prendre par surprise. Et elle avait probablement de la peine pour toi, vu ce qu'elle savait. Mais elle ne s'attendait pas à ce que tu lui poses des questions. Tu l'as vraiment déboussolée quand tu t'es mise à lui demander ce qu'elle avait vu ce soir-là. Et quand Denny t'a fait suivre et a appris que tu étais allée voir madame Mercer...

— Il a voulu se débarrasser d'elle.

— Il a chargé l'homme-oiseau de la faire taire définitivement.

Tasha hocha la tête. Il restait encore une chose qu'elle ne comprenait pas.

— Pourquoi portait-il cette perruque, et pourquoi une couleur pareille ?

— Pour détourner l'attention de sa cicatrice, peut-être, et pour qu'on recherche quelqu'un aux cheveux jaunes. Et au fait, Tasha, j'avais raison à propos de Denny. Il n'est que trop disposé à collaborer. Il nous a dit qui était le troisième homme. On l'a arrêté ce matin.

Tasha hocha la tête. Sa mère pouvait enfin reposer en paix. Tout ce qu'il restait à faire, désormais, c'était de traduire en justice Denny Durant et ses amis.

— Que va-t-il arriver à monsieur Horstbueller ? demanda-t-elle.

L'inspecteur Marchand haussa les épaules.

— Il faut qu'il retourne en Hollande pour régler ses affaires. Les accusations qui pesaient contre lui ont été retirées il y a quatre ans, apparemment. Le vrai meurtrier aurait confessé son crime à quelqu'un d'autre qui aurait prévenu la police.

— Vous voulez dire qu'Evart s'est caché pendant toutes ces années *pour rien* ?

— C'est apparemment le cas, répondit l'inspectrice. Mais il doit encore répondre à des accusations de fuite. Il y a aussi cette affaire d'immigration illégale au Canada, et le fait d'avoir simulé son décès. Mais j'ai l'impression qu'il va s'en tirer. Sa fille est bien établie ici, et c'est une bonne citoyenne, à part cette histoire de faux enterrement. Je crois qu'il pourra revenir ici.

Elle regarda Tasha droit dans les yeux.

– Tout est bien qui finit bien, je pense, conclut-elle.

Tasha acquiesça d'un signe de tête.

– Merci d'être venus nous dire tout ça, dit-elle aux deux policiers. Merci.

– Alors? demanda Tasha en virevoltant dans sa nouvelle robe bleue. Comment tu me trouves?

Tante Cynthia leva les yeux du chemisier qu'elle était en train de repasser et émit un sifflement admiratif.

– Irrésistible!

– Trop irrésistible à mon goût, si tu veux savoir, fit Leonard Scanlan. Et où vas-tu comme ça?

– Je sors. J'ai un rendez-vous, répondit Tasha.

Son père leva le sourcil.

– Et peut-on savoir avec qui?

Tasha se mit à rire.

– Tu ne devines pas, papa? Avec Mike.

Enfin! se dit-elle. Ce soir, ils n'allaient pas au cinéma comme de vieux copains. Ce soir, ils sortaient vraiment ensemble, en amoureux et non plus en amis.

– Passe une merveilleuse soirée, dit tante Cynthia. Et arrange-toi pour être debout de bonne heure demain matin. J'essaie de trouver un vol tôt demain, mais j'aimerais préparer un brunch du tonnerre avant de partir. Tu peux inviter ton ami Mike.

– Demain ? demanda Tasha en regardant son père. Mais je croyais...

Son père grimaça un sourire. Il entoura de son bras les épaules de sa belle-sœur.

– Il y a quelque chose dont j'aimerais te parler, Cynthia. Tu sais, je me retrouve avec trois restaurants sur les bras et j'ai perdu mon associé. Je me demandais si tu...

On sonna à la porte et Tasha se précipita pour répondre. Elle ne se faisait aucun souci pour son père et sa tante. Ils trouveraient une solution. En attendant, elle comptait bien passer la plus merveilleuse soirée de sa vie.

L'AUTEUR

Norah McClintock mène une vie bien remplie, à Toronto, entre son travail d'éditrice pour le journal d'un organisme caritatif et ses activités familiales, en particulier avec ses deux filles. Et puis il y a l'écriture ! « J'aime écrire, dit-elle, parce que j'adore lire. » Ce sont deux enseignants qui lui ont communiqué, alors qu'elle était encore toute jeune, cette passion pour l'écriture et la lecture.
Norah McClintock est née à Montréal, au Québec. Elle est diplômée en histoire de l'Université McGill. Elle a reçu trois fois le prix Arthur Ellis qui récompense le meilleur roman policier pour la jeunesse au Canada.

Retrouvez tous les titres de la collection

Heure noire

sur le site **www.rageot.fr**

Achevé d'imprimer en France en août 2008
par CPI – Hérissey à Évreux.
Dépôt légal : octobre 2008
N° d'édition : 4804 - 01
N° d'impression : 109360